BOD
Books on Demand GmbH
Norderstedt

In wenigen Jahrzehnten wird es wohl der medizinische Fortschritt erlauben, das menschliche Leben bedeutend, ja bis ins Unendliche zu verlängern. Wie würde das die Menschen, ihr Handeln und ihr Zusammenleben verändern? Dieser Frage gehen die vier Geschichten nach, in denen die DURATION - so soll das neue Verfahren hier genannt werden - eine entscheidende Rolle spielt. Stilistisch bewegen sie sich auf recht unterschiedlichen Ebenen; sie reichen von einer nüchtern-realistischen Kurzgeschichte über Science-Fiction und Krimi bis hin zur philosophisch inspirierten Groteske.

ETWAS MEHR ZEIT: Irmgard Rominski erhält das Angebot, als erste ihr Leben verlängern zu lassen. GAMMABLITZ: Das Raumschiff „Goldene Verheißung" ist seit 210 Jahren unterwegs zum Sternensystem Alpha Centauri. BOMBENLAGER: Sirlanas selbstfahrendes Auto wird gehackt und entführt. ZEUS ERZÄHLT EINEN WITZ: Die unsterblichen Götter siechen dahin, weil keiner mehr an sie glaubt.

Peter Werner Richter, geboren 1946 in Schleswig-Holstein, wuchs in Freiburg auf. Er studierte Volkswirtschaft und Regionalplanung und siedelte nach der Wende in den Osten Deutschlands über, wo er in einer mittelgroßen Stadt als Stadtplaner arbeitete. Nicht zuletzt diese Tätigkeit, die oft Züge einer Realsatire trägt, regte ihn an, seine insgeheim gehegten literarischen Ambitionen umzusetzen und zu schreiben. Seine Berufserfahrungen sind wohl auch dafür verantwortlich, dass er seine Themen in realistischen Entwicklungen der näheren Zukunft sucht.

Heute lebt P.W. Richter in einem kleinen Dorf in Brandenburg und widmet sich nur noch dem Schreiben.

Peter Werner Richter

ZEUS ERZÄHLT EINEN WITZ

Vier Geschichten um das künstlich verlängerte Leben

BOD
Books on Demand GmbH Norderstedt

FSC
www.fsc.org
MIX
Papier aus verantwortungsvollen Quellen
Paper from responsible sources
FSC® C105338

Herstellung und Verlag: BoD - Books on Demand, Norderstedt, Oktober 2016

Printed in Germany
ISBN 9783741293399

Inhalt

Etwas mehr Zeit

Der Dienstwagen der Charité kam eine Viertelstunde eher als vereinbart. Doch für Irmgard Rominski hätte er ruhig noch zeitiger kommen können – sie stand schon seit einer Stunde mit Mantel und Hut am Fenster und wartete. Vor einigen Tagen hatte sie die Mitteilung erhalten, dass man sie um zehn Uhr vor ihrem Haus in der Carl-von-Ossietzky-Straße abholen werde, und seitdem hatte sie kaum noch etwas Vernünftiges zustande gebracht, geschweige denn geschlafen. Als der Wagen endlich eine Parklücke gefunden hatte, stand sie schon auf der Straße, und der Fahrer beeilte sich, ihr sogleich die hintere Türe zu öffnen und beim Einsteigen zu helfen.

Nach einem kurzen Blick in den Fond des Mercedes, der ihm bestätigte, dass die alte Dame angeschnallt war und bequem saß, steuerte er den Wagen aus der Parklücke, durchquerte die holprigen Gassen der südlichen Vorstadt von Eberswalde und bog schließlich nach links auf die schnurgerade Bundesstraße 167 ein, die zur Autobahn führte.

Der Fahrer fuhr ruhig und konzentriert. Er wirkte wie jemand, der seinen Job schon lange machte. Irmgard Rominski schätzte ihn auf Ende fünzig.

„Wohin fahren Sie mich?“, fragte sie.

„Nach Berlin, zur Charité.“

„Das weiß ich. Ich meine, wohin genau?“

„In den Campus Mitte. Das ist in der Nähe des Reichstages.“

Irmgard überlegte, ob er ihr das genaue Ziel nicht nennen wollte oder es nicht konnte, weil er sich an die exakte Bezeichnung des Institutes, die für Laien vermutlich genauso abstrus und beliebig war wie die Hunderter anderer wissenschaftlicher Einrichtungen, nicht erinnern konnte. Sie entschied sich für Letzteres.

„Ist es vielleicht das Institut für Zell- und Neurobiologie?“, fragte sie.

„Genau, so heißt es. Um elf Uhr dreißig werden Sie dort erwartet.“

Sie nickte zurfrieden. Natürlich kannte sie Ort und Zeit; es hatte ja in der Einladung gestanden. Aber es beruhigte sie, die Bestätigung des Fahrers zu hören.

Der Wagen fuhr nahezu lautlos; er besaß einen Elektromotor wie die meisten neueren Fahrzeuge. Vor den Fenstern zogen die alten Gebäude des Eberswalder Kranbaues gemächlich vorbei wie in einem Film. Nur die leichten Schaukelbewegungen, die vom schlechten Straßenzustand herrührten, verdeutlichten ihr, dass sie in Bewegung war.

Irmgard spürte, wie sich ihre tagelange Anspannung langsam löste. Jetzt ist ein erster Schritt getan, dachte sie. Jetzt läuft die Sache. Die Tatsache, dass sie sich noch entscheiden musste, erschien ihr nur noch als Formsache.

Das Institut für Zell- und Neurobiologie kannte sie gut. Selbst Professorin für Evolutionsbiologie an der Humbold-Universität hatte sie öfter an Vorträgen ihrer fachlichen Kollegen teilgenommen, um über die neuesten Erkenntnisse der Zellforschung auf dem Laufenden zu bleiben. Das Institut war in den letzten Jahren mit seinen Erfolgen in der Stammzellenforschung ziemlich groß herausgekommen und hatte besonders mit neuen Ansätzen zur Therapie der Volkskrankheit Alzheimer weltweite Beachtung gefunden. Alzheimer gehörte zwar nicht ihn ihr Fachgebiet und betraf sie auch trotz ihre siebzig Jahre nicht persönlich, doch die Forschungen dazu waren von so allgemeiner Bedeutung, dass man stets gut informiert bleiben sollte. So lange es noch geht, dachte sie.

„Wir sind gleich auf der Autobahn", sagte der Fahrer, als sie dem eleganten Schwung der Straße über den gesäumten Finowkanal folgten und in die nächste Ortschaft einfuhren. Die Gebäude rückten hier nahe an die Fahrbahn heran, und der Wagen verlangsamte das Tempo. Es kam ihr vor, als würden sie nur noch in Schrittgeschwindigkeit durch das Sammelsurium kleiner Häuser rollen, die zum Teil aus der DDR-Zeit, zum Teil noch aus der Zeit davor stammten. Die herbstlich bunten Sträucher und Bäume der winzigen Vorgärten milderten die

Schmucklosigkeit der Fassaden nur wenig.

„Hier wäre eine Umgehungsstraße angebracht", bemerkte der Fahrer, sichtlich bemüht, ein wenig Small Talk zu treiben.

„Ja, sie planen sie schon seit fünfunddreißig Jahren."

„Oh! Und immer noch nicht fertig?"

„Nein. Es vergehen wahrscheinlich noch einmal fünfunddreißig Jahre, bis es so weit ist!"

„Das erleben wir wohl nicht mehr."

Sie vielleicht schon, dachte sie und seufzte. Ich vielleicht nicht.

Vor ihnen tauchten große blaue Wegweiser auf, und als sie die Auffahrt passiert hatten, lag das graue Band der Autobahn vor ihnen – gerade und langgestreckt wie die Abfahrt einer Sprungschanze, ausgerichtet auf das Anatomische Zentrum der Charité im Herzen Berlins. Der Elektromotor zog lautlos, aber kräftig an und drückte Irmgard in die Polster.

Worauf lasse ich mich da ein, dachte sie. Wenn sie es recht bedachte, hätte sie das erste Vorzeichen schon an ihrem siebzigsten Geburtstag bemerken können. Denn unter den Gratulanten hatte sich ein Gast befunden, dem sie vorher noch nie begegnet war.

An diesem Tag, er lag schon vier Wochen zurück, hatte die Sonne noch einmal ihre ganze Kraft zusammengenommen und im späten September einen Sommertag herbeigezaubert, der es erlaubte, die Feier im Garten hinter dem Haus zu veranstalten. Ihre beiden Töchter hatten ihre ewigen Zwistigkeiten für ein paar Tage vergessen und die gesamte Organisation alleine bewerkstelligt. Das heißt, sie hatten fast überall selbst Hand angelegt und ihre Mutter freundlich, aber bestimmt aus Küche und zu schmückenden Räumen hinauskomplimentiert. Ihre Ehemänner waren ebenfalls für kurze Zeit erschienen und hatten sich um die technischen Installationen gekümmert, was Irmgard als nicht selbstverständlich und als besonderen Ausdruck familiärer Harmonie empfunden hatte.

Am eigentlichen Festtag waren dann fast zwanzig Personen im Garten versammelt, der engere Kreis ihrer Familie. Sie war glücklich – bis auf jene Momente, in denen sie an ihren Mann denken musste. Er war nicht mehr dabei, er war vor zwei Jahren „nach langer schwerer Krankheit“ – in seinem Fall hatte die übliche Umschreibung für „Krebs“ auf schlimme Weise zugetroffen – gestorben.

Und dann gab es da noch einige unerwartete Gäste, die von den Übrigen mit großem Hallo begrüßt wurden. Sie hatte sie zwar nicht eingeladen, freute sich aber gleichermaßen über ihren Besuch. Das war zum einen der Redakteur der örtlichen Tageszeitung, den sie schon von früheren Interviews kannte, zum anderen eine Abordnung ihrer Professorenkollegen der Humboldt-Universität. Sogar der Dekan der zuständigen Fakultät hatte es sich nicht nehmen lassen, ihr persönlich zu gratulieren. Mit theatralischer Geste überreichte er ihr ein großes flaches Päckchen, das, wie sie sofort und richtig vermutete, den neuesten Bildband zur Universitätsgeschichte enthielt. Eine Allerweltsgabe, die eigenlich als Aufmerksamkeit für auswärtige Ehrengäste der Universtität gedacht war, aber gerne bei allen möglichen Anlässen als Verlegenheitsgeschenk Verwendung fand.

Doch dieses Päckchen war keine Allerweltsgabe, denn auf seiner Oberseite war mit Klebestreifen eine skurrile weißliche Form befestigt. Sie war etwa zwanzig Zentimeter groß und trug lange Fortsätze, die man beinahe Stacheln nennen konnte. Sie waren mit zahlreichen roten Schleifchen geschmückt, was dem Ganzen eine karnevaleske Erscheinung verlieh und Irmgards Meinung über den ästetischen Geschmack ihrer Kollegen wieder einmal leidvoll bestätigte. Aber die Idee, ihr diese Skulptur quasi mit der Universität als Basis zu überreichen, gefiel ihr außerordentlich.

Es war das Gehäuse einer Meeresschnecke, einer Murex Alabaster oder auch Alabasterschnecke. Man konnte sie kitschig finden oder auch geheimnisvoll – jedem der Anwesenden war klar, dass dieses Ding eine tiefere Bedeutung haben musste.

Die Alabasterschnecke gehört zur Familie der Stachelschnecken. Sie besteht fast mehr aus Stacheln als aus Gehäuse, was für Schnecken, die sich kriechend fortbewegen – und wie in diesem Fall auch noch in räuberischer Absicht –, eigentlich eher hinderlich ist, denn sie können überall hängen bleiben. Warum begnügen sich diese Tiere also nicht mit einem einfachen Gehäuse wie ihre Verwandten, zum Beispiel die berühmten Kauri-Schnecken? Gar nicht zu denken an die maritimen Nacktschnecken, die, wie der Name schon sagte, ganz auf ein Gehäuse verzichten.

Die Frage war ihr plötzlich während einer Diskussion über Evolutionsmechanismen in den Sinn gekommen und hatte sie seitdem nicht mehr losgelassen.

Ihre ganze wissenschaftliche Arbeit hatte sich seitdem um diese Frage gedreht: Wie war es möglich, dass manche Lebewesen einen Wust von Körperteilen mit sich herumschleppten, die offensichtlich von geringem Nutzen waren, aber eine große Menge an Nährstoffen und Energie verbrauchten und sich im Zweifel zu einer großen Gefahr auswachsen konnten? Waren wir Menschen einfach zu beschränkt, den Sinn zu erkennen?

Nein, hatte sie gesagt. Es gibt keinen Sinn. Es ist vielmehr so, dass auch „sinnlose" Eigenschaften von der Natur nicht ausgemerzt werden, sofern sie sich im täglichen Überlebenskampf nicht nachteilig auswirkten. Wie es zum Beispiel dem Riesenhirsch Megaloceros widerfuhr, einem Zeitgenossen von Mammut und Wollnashorn. Dieser Hirsch bildete wie seine heutigen Kollegen jedes Jahr ein neues Geweih – im Unterschied zu diesen aber mit einer Spannweite von bis zu vier Metern! Er hatte es nicht, weil er es brauchte – er hatte es, weil er es sich leisten konnte. Zum bloßen Protzen sozusagen.

In ihren Vorlesungen vergaß sie an dieser Stelle nie, den Vergleich mit den Fahrern großer Nobelkarossen zu ziehen, was stets zu großer Heiterkeit im Saal führte. Bei den Megaloceriden war der Spuk allerdings in jener Zeit zu Ende, als die letzte Eiszeit sich nach Norden zurückzog, die Wälder wieder dichter wurden und die Bäume sich weigerten, Zwischenräume von vier Metern zwischen ihren Stämmen freizulassen. Ein ähnliches Schicksal würden auch die Nobelkarossen und die Stachelschnecken erleiden, sobald es ihnen in ihrem Biotop zu eng werden würde. In der Natur, so folgerte sie, ist also alles erlaubt, was nicht verboten ist.

Ein schöner Satz, den die Studenten gerne als allgemeine Lebensweisheit mit auf den Weg nahmen. Er galt, wie sie betonte, gewissermaßen auch für das Leben überhaupt, das auf dem Planeten ebenso überflüssig sei – oder auch nicht – wie die Stacheln der Alabasterschnecke oder das Hirschgeweih und quasi nur deswegen existiere, weil die unbelebte Natur es auf diesem Planeten nicht verhindern konnte, einmal abgesehen davon, dass sie das nicht einmal wollen konnte.

Die Erinnerungen an ihre wissenschaftliche Tätigkeit wärmten ihr Herz. Dem Fahrer, der regelmäßig in den Rückspiegel schaute, um zu sehen, ob seine Passagierin sich wohlfühlte, entging ihr versonnenes Lächeln nicht.

„Ist es ein angenehmer Besuch, den Sie bei uns machen?", fragte er. Ihre heitere Stimmung verwirrte ihn, denn die meisten älteren Leute suchten die Charité auf, um sich medizinisch behandeln zu lassen, also nicht gerade aus einem erfreulichen Anlass. Aber diese Leute kamen mit eigenen Mitteln oder wurden mit dem Rettungswagen gebracht – nicht von einem Dienstwagen mit Fahrer, und das auch noch über diese Entfernung! Diese Irmgard Rominski schien ihm auch noch recht „rüstig" zu sein, wie man bei älteren Leuten sagte, das war ihm gleich aufgefallen, als sie in Eberswalde auf seinen Wagen zugestürmt war. Also eher kein Fall für die Klinik. Aber dass er sie zu einer dienstlichen Verabredung brachte, erschien ihm auch wieder unwahrscheinlich. Kaum einer seiner Fahrgäste lächelte, wenn er zu einem Termin fuhr.

„Das kann ich noch nicht sagen." Ihr Lächeln verschwand und machte einer nachdenklichen Miene Platz. „Das kommt darauf an, was man mir erzählen wird." Der Fahrer war sichlich neugierig, aber sie hatte keine Lust, ihm die ganze Problematik auseinanderzusetzen. Zumal er sie wohl auch nicht verstanden hätte. Oder doch? Sie wurde unsicher. Vielleicht gerade er?

In der Abordnung der Universität hatte sich auch eine Person befunden, die sie vorher noch nie gesehen hatte. Es handelte sich um einen zierlichen Mann um die fünfzig, der zwar genauso leger gekleidet war wie die anderen Gäste, durch seine asiatischen Gesichtszüge und sein zurückhaltendes Benehmen aber deutlich von ihnen abstach. Er wurde Irmgard als Professor Yi aus Seoul vorgestellt, der seit einigen Jahren einen Lehrstuhl an der Charité inne habe. Trotz ihrer guten Kontakte zum Klinikum war ihr dies bisher entgangen, aber immerhin meinte sie, sich dunkel an einige Fachartikel unter dem Namen Yi erinnern zu können. Der obligatorische Small Talk mit ihm fiel ihr nicht schwer, denn die Medien waren in diesen Tagen voll von Berichten und Spekulationen über Korea.

„Glauben Sie, dass sich ihre beiden Landesteile bald vereinigen werden?", fragte sie.

Immerhin hatte sich der Norden politisch in den vergangenen Jahren diskret auf den Süden zu bewegt, auf dessen militärische Manöver relativ gelassen reagiert – das heißt, nicht sofort mit dem dritten Weltkrieg gedroht – und sogar die Zensur ein wenig gelockert. Die westlichen Medien hatten dies im vergangenen Sommerloch als Schwerpunktthema entdeckt; seitdem beherrschte das Wort „Wiedervereinigung" die Titelzeilen.

„Nun, der Anfang ist die Hälfte des Weges", antwortete Yi vieldeutig. „Wir lernen viel von Deutschland", fügte er lächelnd hinzu.

„Ich hoffe, Sie nutzen unser Vorbild, um es besser zu machen."

„Oh, die Koreaner glauben, Sie haben es sehr gut gemacht. Und Sie haben es vor allen Dingen schnell gemacht! Das ist sehr wichtig!"

„Wir haben in Deutschland erst einmal die Bürokratie vereinigt. Das sieht man in Korea hoffentlich etwas großzügiger."

„Oh, ich fürchte, nein."

Sie lächelten, und er entschwand nach einer angedeuteten Verbeugung zu den Grüppchen im hinteren Teil des Gartens.

Irmgard Rominski wurde das Gefühl nicht los, dass er sie insgeheim beobachtete.

Am späten Nachmittag kam es dann zu einem zweiten Gespräch. Yi setzte sich mit einem Glas Mineralwasser neben sie an den Gartentisch und sagte unvermittelt: „Ich habe Ihr Buch über die Steuerungsmechanismen der Evolution gelesen. Es ist hochinteressant, muss ich sagen."

Sie fühlte sich etwas überrumpelt. „Ich sehe, die Koreaner schmeicheln genauso unverschämt wie die Deutschen", sagte sie.

„Nein, im Ernst. Ich finde, Sie führen die Ideen von Darwin konsequent weiter. Die Thesen zur „selektionsfreien Mutation" zum Beispiel werden auch bei uns diskutiert. Sie sollten Ihre Vorträge unbedingt auch bei uns in Seoul halten, wir würden uns sehr freuen ..."

Irmgard sah ihm in die Augen, die hinter der Brille verschmitzt lächelten. Man könnte ihm beinahe glauben, dachte sie. „Ach, wissen Sie", murmelte sie nachdenklich, „Korea ... liegt das nicht mehr oder weniger auf der anderen Seite der Erde?"

„Nicht ganz. Aber wenn Sie darauf bestehen – wir würden Sie im Rahmen unserer Zusammenarbeit mit Neuseeland natürlich ebenfalls gerne unterstützen, wenn Sie auch dort ..."

„Ach, hören Sie auf, Herr Yi, ich bin eine alte Frau! Gerade siebzig geworden. Siebzig! Ich reise nicht mehr gerne. Ich bin wackelig auf den Beinen und nicht mehr ganz richtig im Kopf!"

„Nein, Frau Rominski, Sie sind jung, glauben Sie mir!" Wieder strahlte er sie an wie ein Schuljunge. „Sie sind so jung. Ich kann es sehen!"

Damit hatte er erreicht, dass sie sich genau so fühlte, wie sie es eben beschrieben hatte. Wackelig auf den Beinen und wirr im Kopf. Mit Komplimenten zu ihrer Gesundheit und ihrem Aussehen konnte sie normalerweise gut umgehen, aber bei diesem fünfzigjährigen Herrn Yi war es etwas anderes. Etwas, das sie nicht einordnen konnte.

„Ich habe noch Frage." Jetzt klang er wieder vollkommen sachlich. „Eine Frage zu Ihrem Fachgebiet. Darf ich?"

„Na gut. Wenn Sie künftig bei den Tatsachen bleiben. Fragen Sie."

„Ich denke zum Beispiel an Symbiosen. Was meinen Sie, kann man mit Mutation und Selektion tatsächlich diese speziellen Anpassungsleistungen einzelner Organismen erklären, wie wir sie überall finden können? Die so aussehen, als würden beide Seiten sich genau kennen und aufeinander zu entwickeln?"

Sie sah ihn scheel von der Seite an. Meinte er es ernst, oder fing er schon wieder an zu flirten? „Sind Sie Kreationist?", fragte sie barsch.

„Ich meine nur – diese Frage stellt sich doch. Wäre dies nicht sozusagen das nächste Kapitel Ihrer Forschungen?"

Sie wandte ihr Gesicht zur Seite. Sein tiefgründiges Lächeln, diese unendliche Zuversicht in seinem Blick ... sie hätten sie vollends aus der Fassung gebracht. Natürlich hatte er sie genau an ihrem wunden Punkt erwischt. War es denn so offensichtlich, wovon sie in ihren stillen Stunden träumte? War er vielleicht einer dieser allwissenden Symbionten, von denen er gerade gesprochen hatte? Sie spürte das Verlangen, abrupt aufzustehen und in der Küche nach dem Rechten zu sehen, ließ es dann aber doch bleiben.

„Wissen Sie, es sind zwar meine Forschungen, aber sie stehen jedem offen. Es darf sie nicht nur jeder lesen, es darf sie auch jeder weiterführen. Und es gibt viele junge Wissenschaftler, die sich hier ihre Sporen verdienen können. Und es auch bereits tun." Sie nippte an ihrem Glas. „Man muss wissen, wann man seinen Platz frei machen muss. Auf mich kommt es wahrhaftig nicht mehr an."

Yi widersprach. „Es kommt auf jeden Einzelnen an. Sagt man das nicht bei Ihnen, hier in Berlin?"

Eine Woche später kam das Schreiben, das ihr Leben von Grund auf erschüttern sollte. Es war keine E-Mail, sondern ein richtiger Brief aus Papier. Und er war nicht von der Post zugestellt worden, sondern von einem speziellen Boten, der das Schreiben nur gegen Vorzeigen des Ausweises und Unterschrift der Empfängerin ausgehändigt hatte. Als Absender war das „Institut für Zell- und Neurobiologie" in Berlin genannt. Als sie den Umschlag aufriss, bestätigte sich ihre Vorahnung, dass es sich um ein Schreiben von Professor Yi handelte. Er schrieb:

Liebe, verehrte Frau Rominski,

zu Ihrem sehr gelungenen Geburtstagsfest möchte ich Sie noch einmal herzlich beglückwünschen. Ich möchte mich bedanken, dass Sie mich als ungeladenen Gast so freundlich aufgenommen haben. Ich darf feststellen, dass mich unser Gespräch in Ihrem Garten tief beeindruckt hat.

Sie sagten, dass Sie Ihren Platz in der Forschung freimachen müssen. Ich habe den Eindruck gewonnen, dass Sie dies aus Respekt und Demut vor der Natur sagten, die uns hervorgebracht hat und somit auch das Recht hat, uns wieder zu sich zu nehmen. Diese Einstellung ehrt Sie. Ich hoffe, dass Sie es mir nicht verübeln, wenn ich dennoch glaube, dass dies nicht die ganze Wahrheit ist. Unser Gespräch hat mir gezeigt, dass Sie sehr wohl gerne weiter arbeiten würden, wenn sich Ihnen eine entsprechende Perspektive böte.

Es ist mir eine Ehre, Ihnen miteilen zu dürfen, dass unser Institut Ihnen diese Perspektive nunmehr bieten kann.

Das Folgende bitte ich mit höchster Diskretion zu behandeln …

Irmgard Rominski las nicht weiter und ließ das Schreiben sinken. Sie stand immer noch neben der Eingangstüre ihres großen Hauses und starrte in den Spiegel der Garderobe, ohne sich wahrzunehmen. Was war das für ein ominöser Professor Yi! Während ihre Gedanken zur Situation im Garten schweiften, spürte sie ein leichtes Schwindelgefühl und beeilte sich, in ihr Wohnzimmer zu gelangen, wo sie sich auf einen Sessel sinken ließ. Sie hatte es ja gleich geahnt, dass mit dieser Person etwas nicht stimmte! Im Nachhinein schien es ihr, seine Freundlichkeit, ja man konnte sogar von einem gewissen Charme sprechen, habe auch etwas Zudringliches an sich gehabt, etwas unerlaubt Vertrauliches, vor allem, wenn man bedachte, dass er als Fremder auf ihre Party gekommen war. Sie könnte sich ohrfeigen, dass sie nicht misstrauisch geworden war …

Wer konnte denn ahnen, dass auf ihrer Feier, die sie genießen wollte, auf der sie sich im Kreise ihrer Lieben und Freunde noch einmal richtig wohl fühlen wollte, denn wer wusste, was in ihrem hohen Alter noch kommen sollte … dass da solch zweifelhafte Gratulanten wie dieser Yi aufkreuzen würden. Er hatte sie gecheckt und gleichzeitig seelisch weichgeklopft wie ein Versicherungsvertreter, wie ein ausländischer Agent. Aber vielleicht sah sie alles zu schwarz. Sie hatte das Schreiben ja nicht einmal zu Ende gelesen. Sie rückte ihre Brille zurecht und nahm es wieder auf.

Unser Institut forscht seit über einem Jahrzehnt in einem abgeschirmten Forschungstrakt an der Möglichkeit, Leben zu verlängern. Wir sind damit nicht an die Öffentlichkeit getreten, weil es sich um hochsensible Entwicklungen handelt, die in den Händen bösartiger

Interessengruppen zu gefährlichem Missbrauch führen können. Die kriminellen Machenschaften beim Handel mit menschlichen Organen sind ein allseits bekanntes und sehr trauriges Beispiel.

Es wird Sie sicher freuen zu hören, dass unser Berliner Institut in Kooperation mit dem Clinical Research Institute des SNUH, Seoul, schon vor mehreren Jahren einen Durchbruch in dieser Richtung erzielt hat. Wir haben die Methode (Anti Aging Approach – AAA) bereits im Laborversuch getestet. Alle Experimente haben zu einer erheblichen Verlängerung der durchschnittlichen Lebensdauer der Versuchstiere geführt.

SNUH, dachte sie. Seoul National University. Und was bedeutete das „H"? Hospital vielleicht? Dann wäre das eine ähnliche Organisation wie die Charité. Sie fand es hocherfreulich, wie weltweit vernetzt die hiesigen Institute waren. Ohne einen rationalen Grund sah sie diesen Yi wieder in einem etwas wärmeren Licht. Vielleicht beruhte ihr Eindruck ja nur auf der Unterschiedlichkeit der Mentalitäten.

Auch der abschließende Versuch mit Primaten verlief bisher äußerst erfolgreich. Sie verstehen, dass diese Versuche erst endgültig bewertet werden können, wenn die Primaten versterben. Danach sieht es bis jetzt nicht aus. Sie erfreuen sich nicht nur bester Gesundheit, es sind auch deutliche Zeichen einer Verjüngung erkennbar.

Wir sind uns sicher, dass AAA jetzt in der Humanmedizin einsatzbereit ist. Naturgemäß handelt es sich noch nicht um ein zugelassenes Verfahren. Unsere Kooperationspartner sind jedoch der Meinung, dass die Vorzüge der Methode bereits jetzt einem ausgewählten Personenkreis zu Gute kommen sollen.

Ich erinnere mich gerne an unser Gespräch auf Ihrer Party. Dort habe ich den Eindruck gewonnen – nein, ich bin mir ganz sicher, dass auch Ihr geistiges Streben unserem gemeinsamen Ziel gilt – der Verbesserung des menschlichen Lebens. Ich möchte Sie bitten: Machen Sie weiter auf diesem Weg! Gönnen Sie Ihren Plänen etwas mehr Zeit! Ich erlaube mir, sinngemäß aus Ihren Schriften zu zitieren: Was die Natur nicht ausdrücklich verbietet, ist erlaubt!

Schwerenöter! Versucht er doch tatsächlich, mich mit meinen eigenen Worten zu schlagen! So etwas, dachte sie, geht immer schief. Jedenfalls bei mir. Niemand lässt sich gerne mit Hilfe seiner selbst zwingen. Und überhaupt argumentiert er doch reichlich suggestiv. Was heißt denn: unser gemeinsames Ziel der Lebensverbesserung? Das hörte sich ja beinahe so seriös an wie die Beteuerungen der agrarischen Gentechnik-Industrie, sie würden den Hunger in der Welt bekämpfen.

Bei Anwendung von AAA würde sich Ihre Lebenserwartung voraussichtlich um zwanzig bis dreißig Jahre verlängern. Genügend Zeit, um zu erleben, wie all Ihre Wünsche und Pläne Wirklichkeit werden.

Sicher haben Sie Fragen. Dies können wir alles vor Ort in der Charité besprechen. Ich habe für Sie eine Fahrt in einer Woche reserviert. Unser Fahrer wird sich vorher telefonisch mit Ihnen in Verbindung setzen.

Ich darf mich nochmals für Ihr Verständnis und Ihre Diskretion bedanken!

Mit freundlichem Gruß

Prof. Dr. Yi Hae-Chan

Institut für Zell- und Neurobiologie

Charité Berlin

Und nun saß sie in diesem großen grauen Wagen, der sie in gleichmäßiger Fahrt näher und näher an ihr Ziel brachte. Wieso hatte Sie diese Einladung überhaupt angenommen? Sie konnte es sich selbst nicht recht erklären. Sie erinnerte sich, dass sie noch stundenlang wie betäubt im Sessel sitzen geblieben war, bis es draußen dämmrig geworden war, dabei nicht etwa rational das Für und Wider dieses Vorhabens abgewogen hatte.

Nein, in ihrem Kopf war ein Gewitter von Bildern abgelaufen, die alle Seinsmöglichkeiten von neuer Verliebtheit bis zu endlosem Siechtum aufblitzen ließen und ihr abwechselnd den Schweiß auf die Stirn und die kalten Schauer über den Rücken trieben. Schließlich hatte sie zum Rotwein gegriffen, um ihren Gedanken die schärfsten Kanten und Spitzen zu nehmen, was am Ende natürlich grandios schiefgegangen war. Bis zum Anruf des Fahrers, der erst gestern Vormittag stattfand, hatte sie sich zu keiner Entscheidung durchgerungen.

Sie war gesund, sie fühlte sich wohl, sie war geistig topfit – sie verspürte jede Lust der Welt, weiterzuleben, nicht zuletzt um ihre wissenschaftlichen Arbeiten voranzutreiben, sondern auch zum Beispiel, um ihre Enkelkinder aufwachsen zu sehen. Sie wollte reisen, vielleicht sogar einmal nach Seoul, um dort tatsächlich ihre Vorträge zu halten. Oder mit einem dieser neuen Touristenraumschiffe einen Trip ins All machen.

Jeden Tag passierten aufregende Dinge, die entweder gut oder schlecht, beglückend oder verheerend waren, auf jeden Fall aber interessant. Der Sieg der Medizin über zwei Geißeln der Menschheit, nämlich Krebs und Multipler Sklerose, zum Beispiel. Oder das holografische Fernsehen, plastische Produkte, hergestellt am eigenen PC-Drucker, Spuren von Leben auf dem Mars ... Aber auch die Kernschmelze im Atomkraftwerk San Onofre in Kalifornien, die Tausende das Leben gekostet und endlich auch die USA zum Umdenken im Umweltschutz veranlasst hatte.

Es gab so vieles Neues, das schon existierte, und noch viel mehr, das noch kommen sollte. Ja, sie wollte noch viel erleben, wollte wissen, wie es weitergeht, wollte nicht einfach mitten im Film hinausgehen, ohne das Ende zu kennen. Hatte nicht ein berühmter Dichter – war es nicht Elias Canetti? – gesagt, der Tod sei ein Skandal?

Sie war sich allerdings nicht im Klaren, wie sie es verkraften würde, wenn um sie herum alle älter würden, nur sie nicht. Wenn sie zusehen müsste, wie Klara, ihre beste Freundin, langsam verginge, womöglich nach schwerer Krankheit wie damals ihr Mann. Oder, noch schlimmer, wenn ihre eigenen Töchter sie im Alterungsprozess quasi überholten und bestattet würden, während sie selbst in bester Verfassung an ihrem Grab stünde. Gibt es etwas Schlimmeres, als die eigenen Kinder zu beerdigen?

Natürlich, vielleicht konnte sie es einfädeln, dass ihre Töchter als Nächste in den Genuss der Therapie kämen ... und ihre Schwiegersöhne ... und ihre Enkelinnen mit Anhang ... Ob sie es schaffen würde, all den Fragen, die mit Sicherheit kommen würden, auszuweichen oder mit allgemeinen Floskeln zu antworten?

Sie merkte es kaum, wie die Welt um den Wagen herum immer langsamer vorbeiglitt, und erst als er mit einem sanften Ruck mitten in einer Autoschlange zum Stehen kam, erwachte sie aus ihren Träumen und kämpfte sich in die Wirklichkeit der Autobahn 11 zurück.

„Ein Stau?", bemerkte sie ängstlich.

„Keine Angst, es wird nicht lange dauern", sagte der Fahrer. „Ich kann die Baustelle schon sehen."

„Was bauen sie denn schon wieder?"

„Sie verlegen Induktionsleitungen. Haben Sie schon von Smacar gehört?"

„Heißt es nicht Smart Car?"

„Eigentlich heißt es Smart Caravaning. Es geht darum, dass in die Fahrbahn ein Stromkabel eingelassen wird, das die Steuerung der Kraftfahrzeuge übernimmt. Sie folgen dann automatisch dem Kabel, ohne dass der Fahrer eingreifen müsste. Er kann sich zurücklehnen und ein Nickerchen machen oder ganz zu Hause bleiben."

„ Hmm ... aber gibt es das nicht schon lange?", fragte sie verwundert.

„Sicher, selbstfahrende Autos gibt es eigentlich schon lange", bestätigte der Fahrer. „Aber Sie wissen doch selbst, wie unberechenbar die waren. Da hat es ständig gekracht, und hinterher hat man sich herumgestritten, wer schuld war ... der Besitzer, der Hersteller, der Erbauer der Straße ... Jedenfalls kam man dann auf die Idee mit dem Kabel. Dieser Wagen hier ist übrigens auch schon dafür vorbereitet. Er hat alle möglichen Sensoren und automatischen Steuerungen. Aber bisher fehlen die passenden Straßen."

„Und das ist jetzt sicherer?"

„... Jein. Neben dem Kabel gibt es noch ein zweites System, eine Kette von Transpondern an den Leitplanken. Für alle Fälle. Es funktioniert am Anfang ja nie, wie es soll. Was wäre zum Beispiel, wenn der Strom ausfiele?"

„Hmm ... verstehe", murmelte Irmgard nachdenklich.

„Wenn ich Sie in zwei Jahren abholen müsste, würde ich womöglich nur noch den leeren Wagen schicken. Sie müssten dann allerdings mit dem Taxi zur Autobahn kommen. Und in Berlin wäre es dann umgekehrt."

„Wie praktisch", antwortete sie.

Sie erreichten kurz darauf den Berliner Ring, und Irmgard spürte, wie die anberaumte Besprechung mit Professor Yi immer mehr den Charakter der fasslichen Wirklichkeit annahm. Ihr hoffnungsfroher Optimismus schwand immer mehr und machte einem Gefühl der Bedrängtheit Platz. Es ist ja gar nicht gesagt, dass alles so reibungslos funktioniert, dachte sie. Nichts funktioniert von Anfang an. Sollte sie sich vielleicht nicht so sehr als Pionier, sondern eher als Opfer begreifen? Als Versuchskaninchen?

Es wäre ja nicht einmal nötig, dass die Therapie versagt. Selbst wenn sie wunderbar funktionieren würde, gäbe es dann nicht zahlreiche Probleme, an die jetzt keiner denkt? Was wäre zum Beispiel, wenn sie krank würde? Oder einfacher: wenn sie einen mittelschweren Unfall hätte, der sie an den Rollstuhl fesselte? Säße sie dann vielleicht fünzig Jahre oder länger im Rollstuhl? Was wäre dann mit ihren ganzen Zukunftsträumen?

Oder noch einfacher: Wer sollte diese lange Pflege eigentlich bezahlen? Würden sich die Versicherungen nicht weigern? Würden sie das nicht schon in ihrem Fall tun? Schließlich hatten sie ja schon genug mit der normalen Überalterung der Gesellschaft zu tun. Sie stellte sich vor, wie sie von einem netten Pflegeroboter umsorgt wird, der sie jeden Morgen mit den Worten „Haben wir heute schon geforscht?" zum Frühstück holte. Sie fand sich mitten in einer Geröllawine schwerer, schwarzer Gedanken.

Mit schmalen Lippen verfolgte sie, wie die Gebäude der Stadt langsam anwuchsen und zusammenrückten. In Pankow wurde die Autobahn zur sechsspurigen Stadtstraße, und bald darauf bogen sie nach rechts in die Torstraße ein, die zum Oranienburger Tor führte.

„Wir sind gleich da", bemerkte der Fahrer.

Sie zog ihre Handtasche zu sich und presste sie fest an sich. „Darf ich Sie etwas fragen?"

„Natürlich, immer zu."

„Was halten Sie vom ewigen Leben?"

Der Fahrer sah ungläubig nach hinten. Dies war ein Satz, den er von seinen Fahrgästen eher selten hörte. Er konzentrierte sich eine Weile auf den Verkehr, ehe er antwortete.

„Wo? Hier oder im Jenseits?"

„Hier."

„Hmm ... also, muss es gleich ewig sein? Aber ein paar Jahre wären nicht schlecht, denke ich."

„Sind Sie sicher?"

Der Fahrer zuckte mit den Schultern. „Wer hat schon Lust zu sterben?"

Gammablitz

1.

Absolute Schwärze. Winzige Lichtpunkte beleben das Nichts, als hätte jemand in eine dunkle Wand, hinter der ein kaltes Licht brennt, unzählige Löcher gebohrt und wäre dabei nicht sehr systematisch vorgegangen. Der interstellare Raum – das Weltall. Vor uns eine breite schimmernde Zone – die Galaxis. Wie aus Abermyriaden von Schneekristallen bestehend, glänzt sie in einigen Sektoren eher rötlich, in anderen eher bläulich. Die Lichter sind starr; sie funkeln nicht und verstärken zusammen mit der vollkommenen Stille den Eindruck allumfassender Gleichgültigkeit.

Der Anblick des Alls birgt jedoch eine kleine Unregelmäßigkeit: Sterne werden für einen Moment von Schwärze verdeckt, während gelbliche Lichter sich an derselben Stelle taumelnd umkreisen. Bei genauerem Hinsehen erkennt man das Raumschiff, das, einer langen Röhre ähnlich, um seine eigene Querachse rotiert. Es ist schwer zu erkennen, ob es sich dabei von der Stelle bewegt. Tatsächlich folgt es jedoch mit Zentilichtgeschwindigkeit einem exakt berechneten geraden Kurs, der es in naher Zukunft zu neuen Welten führen wird.

Die Ausmaße des Gefährts sind riesig. Es besteht aus einem mehr als dreitausend Meter langen Gerüst, an dem verschiedene Module befestigt sind. In der Mitte der Röhre, also nahe der Rotationsachse, befinden sich die Treibstofftanks. Sie nehmen etwa die Hälfte des Volumens der Konstruktion ein. Die beleuchteten Container an den beiden Enden der kosmischen Zigarre enthalten die Mannschaftsräume. Die Wucht der Rotation erzeugt eine scheinbare Schwerkraft, die es den Menschen erlaubt, sich in ihren Kabinen halbwegs normal zu bewegen. Die Besatzung besteht aus 675 Mann beiderlei Geschlechts.

Das Raumschiff fliegt völlig autonom. Es ist vor circa 210 Jahren Bordzeit aus dem Orbit um die Erde gestartet und hat inzwischen eine Entfernung von vier Lichtjahren, bezogen auf die Position der Erde, zurückgelegt. Eine sinnvolle Kommunikation mit dem Heimatplaneten ist damit praktisch ausgeschlossen.

2.

Das Raumschiff heißt „Goldene Verheißung". Es ist Eigentum der EURA, der Eurasischen Union, die auch andere Projekte der Raumfahrt – meist innerhalb des Sonnensystems – betreibt. Der Name des Schiffs prangt in großen chinesischen und lateinischen Schriftzeichen auf den Treibstofftanks. Er spielt auf die Mission des Gefährts an: die Eroberung neuer Welten. In diesem Fall lautet der Auftrag, zum Sternensystem Alpha Centauri vorzudringen und nach Möglichkeit den neu entdeckten Planeten Alpha-Centauri-Bd für die Union in Besitz zu nehmen und zu kolonialisieren.

Die Besatzung des Schiffes besteht vollständig aus Duranten, also aus Menschen, deren Lebenszeit kontinuierlich verlängert wird und so tausend Jahre und mehr erreichen kann.

Dieser Kunstgriff bewirkt, dass das Schiff von sozialen Erschütterungen vielfältigster Art verschont bleibt und stetig an Wissen und Erfahrung hinzugewinnt. Das Raumschiff ist somit der Inbegriff materieller und geistiger Ausgewogenheit, ein träger, rationaler Organismus mit endlos wiederkehrenden Abläufen. Es gibt weder Kinder noch alte Menschen; die Durare-Technik wurde bei allen Crew-Mitgliedern ungefähr im Alter von dreißig bis vierzig Jahren angewandt. In diesem Alter bleiben sie bis zu ihrem unabsehbaren Tod.

Mit der Durare-Technik sind Verletzungen oder tödliche Unfälle natürlich nicht ausgeschlossen. Auch hierfür ist vorgesorgt: Sollte der Ernstfall eintreten und der Verlust eines Raumfahrers zu beklagen sein, könnte auf einen Vorrat an tiefgekühlten Embryos zurückgegriffen werden; für leichtere Fälle stünde eine große Zahl transplantabler Organe bereit.

Das künstlich verlängerte Leben ist fraglos der Schlüssel zur Verwirklichung des Projektes. Alle Versuche der Vergangenheit, die Leistungskraft der Raumschiffe zu vergrößern und damit kürzere Reisezeiten zu ermöglichen – Reisezeiten, die nur einen Bruchteil der menschlichen Lebensspanne umfassen –, scheiterten letztlich am immensen Treibstoffverbrauch und den entsprechenden Kosten der neuen Antriebe. Hingegen stellt die Verlängerung der Leben der Besatzungsmitglieder kaum einen Kostenfaktor dar.

Die Kommunikation innerhalb des Schiffes erfolgt großenteils über kleine Funksensoren, die COMs genannt werden. Sie ähneln in ihrem Aussehen hautfarbenen Knöpfen und werden an der Schläfe getragen. Mit ihrer Hilfe können die Menschen – quasi telepatisch – miteinander in Kontakt treten; die Steuerung der Geräte erfolgt rein gedanklich. Auch Anweisungen der Zentrale werden so übermittelt. Für Notfälle steht außerdem ein Lautsprechersystem sowie die übliche Computertechnik zur Verfügung.

Ein solcher Notfall ist soeben eingetreten.

3.

Sirenengeheul, Menschen laufen durcheinander, in den Schlafräumen richten sie sich benommen in ihren Kojen auf und suchen nach ihren COMs. Zu verstehen ist kaum etwas, denn das ständig neue Aufschrillen der Sirenen verhindert jegliche Innenschau. Zum Glück erscheinen auf den Bildschirmen bald genauere Informationen: Ein Plasma-Konfektor sei ausgefallen, damit sei der Schutz vor kosmischer Strahlung nicht mehr ausreichend. Dies gelte vor allem im Sektor II für die Etagen 46 bis 81, jeweils Außenkabinen 8 bis 18. Diese seien nur noch mit Sondergenehmigung betretbar. Weitere Informationen würden in Kürze bekanntgegeben.

Die Menschen auf der „Goldenen Verheißung“ sind panisch irritiert und verängstigt. Einen solchen Vorfall hat es noch nie gegeben. Die Technik des Schiffes wurde ständig gewartet

– was sollte man auf einer Reise von annähernd dreihundert Jahren anderes tun? – und dementsprechend waren bisher nur kleinere Pannen aufgetreten, die meist auf Fehlplanungen der Besatzung zurückzuführen waren. Das jetzige Ereignis scheint allerdings von anderer Dimension.

Dunkle Vorahnungen eines irreparablen Schadens machen die Runde, von einer Aberration vom vorbestimmten Kurs ist die Rede, einer endgültigen Verlorenheit des Schiffes in den Weiten des interstellaren Raums. Manche schweigen betreten, andere schreien sich an, wieder andere fallen in Ohnmacht und werden von Pflegerobotern zur Krankenstation gebracht. Das Dao, das Gleichgewicht der kosmischen Kräfte in der Veränderung, Leitsatz des Denkens seit Anbeginn der Reise und gleichsam die offizielle Religion des Schiffes, scheint wildem Hin und Her gewichen.

Nach einer Weile erscheint die Aufforderung auf den Schirmen, die COMs wieder anzuheften und an einer gemeinsamen Meditation teilzunehmen. Die Menschen gehorchen unwillig und suchen sich Sitzgelegenheiten, die jedoch nicht ausreichen, weswegen viele auf dem Boden Platz nehmen. Im Kopf vernehmen sie eine Stimme, die das heilige Mantra NAMO SANGHAYAH intoniert, und in gleichmütigem Ton fallen sie in den Singsang ein.

So beruhigt sich die Mannschaft allmählich, wenn auch nur oberflächlich. Spekulation über einen Probealarm kommen auf. Dann erfolgt eine neue Mitteilung: Es wird gebeten, sich in Versammlungsraum I im Modul I einzufinden, um neue Informationen zu erhalten. Ruhig und gelassen betreten die Menschen die vier Fahrstühle, von denen zwei weltraumtauglich gekapselt sind und als Eilzüge die Verbindung zwischen den Enden des Schiffes herstellen.

Im Versammlungsraum I sind Stühle für sämtliche 675 Mitglieder der Besatzung vorhanden. (Über die zusätzlichen zwanzig Sitzgelegenheiten kursieren skurrile Witze, die sich mehrheitlich um irreguläre Liebschaften mit Außerirdischen drehen.) Man begrüßt sich gleichermaßen bang wie herzlich; viele haben einander wochenlang nicht gesehen. Tatsächlich liegt in der Aufteilung der Belegschaft auf die beiden Enden des Raumschiffs ein Problem, das die Schiffsführung mit regelmäßigen Veranstaltungen zur Stärkung des Gemeinschaftsgefühls zu überbrücken sucht. Im Moment spielt dies jedoch keine Rolle. Man nimmt Platz. Der große Bildschirm aktiviert sich und zeigt die Intro-Grafik, das Sternbild des Zentauers mit dem Doppelstern Alpha Centauri, dem Ziel der Reise.

Dann erscheint der Kommandant des Schiffes auf der Bildfläche, ein Chinese. Er hat ein sympatisches Gesicht und erscheint nur unwesentlich älter als die Besatzungsmitglieder. Seine Freizeitkleidung signalisiert, dass es um keinen sonderlich prekären Anlass gehen kann. Er spricht mit ruhiger Stimme auf die Besatzung ein, berichtet umständlich zunächst von den bisherigen Fortschritten der Expedition und stellt schließlich ebenso verschlungen das problemlose Erreichen des Zielplaneten in genau achtunddreißig Jahren in Aussicht. Dann kommt er endlich zur Sache.

„ … und noch etwas, Kameraden, kühne Bezwinger der Erde und des Himmels! Wie Ihr alle wisst, stellt die kosmische Strahlung eines der Hauptprobleme unserer Mission dar. Sie begrenzt unsere Reisegeschwindigkeit, sie begrenzt die Dauer unserer Aufenthalte außerhalb des Schiffes, sie wirkt unweigerlich tödlich auf den, der sich nicht schützt. Sie ist überall im Kosmos vorhanden außer an den Stellen, die in besonderer Weise abgeschirmt sind. Dies trifft zum Beispiel für die Erde zu; hier übernimmt das Magnetfeld diese Funktion.

Und ihr vertraut darauf, dass auch unser Schiff in ähnlicher Weise geschützt ist! Zu Recht, wie ich Euch versichere! Die beiden Mannschaftsmodule des Schiffes einschließlich der Farmen und einiger weiterer Einheiten, also die Lebenserhaltungsmodule oder auch LEMs, sind jeweils von einer mächtigen Plasmaschicht umgeben, was bewirkt, dass die harte Strahlung um die Container herumgelenkt wird und das Innere nicht erreichen kann. Ihr und ich, wir sind hier drinnen vollkommen sicher. Und nun komme ich zu unserem kleinen Problem, weswegen wir diese Versammlung einberufen haben.

Das Plasma ist leicht flüchtig und muss mit besonderen Maßnahmen am Schiff festgehalten werden. Dazu dienen die 100 Meter hohen Masten. die Konfektoren, mit denen unsere lebensenthaltenden Einheiten bestückt sind. Ja, wenn jemand mit einem Shuttle draußen ist, kann er sie sehen: Die beiden Enden unseres Schiffes sehen so stachlig aus wie Kastanien oder vielleicht auch wie Seeigel. An den Spitzen der Masten sitzen große Aluminiumkugeln, die ein permanentes elektromagnetisches Feld erzeugen. Dieses umfasst die Plasmakapseln von außen und hält sie fest an ihrem vorgesehenen Ort. Dies ist der normale Arbeitszustand, und wie wir alle wissen, hat er über mehr als 200 Jahre reibungslos funktioniert.

Damit habe ich es schon angedeutet: Einer dieser Konfektoren ist ausgefallen. Deshalb kann an dieser Stelle etwas Plasma entweichen. Somit ist die Schutzwirkung in diesem Sektor nur noch eingeschränkt vorhanden, weswegen vor Kurzem einige Mannschaftsunterkünfte evakuiert wurden."

An dieser Stelle hält er inne, um die Wirkung seiner Worte zu prüfen. Er sieht seine Zuhörer genauso deutlich auf seinem Monitor, wie sie ihn sehen. Vielleicht liegt es an der in Jahrhunderten eingerissenen Trägheit, vielleicht auch an der Wirksamkeit des eben durchgeführten Meditationsprogramms oder an der allgemeinen Anspannung: Keiner rührt sich auf seinem Platz. Alle starren auf den Schirm und warten auf weitere Erklärungen. Der Kommandant räuspert sich und fährt fort:

„Über Art und Ursache des Schadens besteht noch keine völlige Klarheit. Wir haben bereits Roboter hochgeschickt und eine erste Übersicht erhalten. Offenbar wurde die Kugel von einem Meteoriten getroffen und schwer beschädigt. Die Bordseismografen haben diese Erschütterung angezeigt. Die Videoübermittlung zeigt einen breiten Riss von etwa anderthalb Meter Länge. Außerdem scheint sie leicht aus der Lage gebracht. Der Mast ist offenbar nicht betroffen. Ach ja – und es hat einen Kurzschluss gegeben, die Hauptsicherung hat den Konfektor abgeschaltet.

Ich möchte betonen, dass der Schaden sich in Grenzen hält und kein Grund zur Sorge besteht. Wir halten unseren Kurs, die Rotation der ‚Verheißung' ist nachkorrigiert. Nach Lage der Dinge wird die Kugel innerhalb der kommenden Wochen wieder funktionsfähig sein. Ich kann Euch also beruhigen: Es ist alles im grünen Bereich."

Also nur ein örtlich begrenzter Schaden! Deutlich kann er die Erleichterung erkennen, die sich in den Gesichtern der Mannschaft abzeichnet. Zufrieden mit sich geht er den letzten Teil der Rede an, der sein eigentliches Anliegen enthält. Dazu greift er nochmals weit aus, verfällt in einen sachlichen Referententon und kommt auf den Stern, der unserer Sonne am nächsten steht, zu sprechen: Proxima Centauri, der „Nächsten im Sternbild des Zentauer".

„Proxi, die kleine Schwester der beiden Alphas, ist ein so genannter ‚Roter Zwerg', und wie Zwerge oft sind, tut sie alles, um groß und mächtig zu erscheinen. Alle paar Monate lodert sie daher mit riesigen Protuberanzen um sich, fackelt sich bis zur doppelten Helligkeit auf und spuckt dabei Strahlung jeglicher Art aus, darunter auch harte Röntgenstrahlung. Es bestehen also gute Gründe, sich vor dieser kleinen Schwester in Acht zu nehmen! Nun ist Proxima Centauri tatsächlich kaum größer als unser Planet Jupiter, so dass sich auch der wildeste Ausbruch in Grenzen hält. Also kein Grund zur Panik! Trotzdem ist es angebracht, auf unserem Schiff weiterhin ein Höchstmaß an Sicherheit anzustreben beziehungsweise aufrechtzuerhalten. Daraus folgt, dass wir keine Zeit verlieren dürfen, um den aktuellen Schaden am Plasmaschirm zügig zu reparieren."

Die Menschen im Saal hören andächtig zu. Der Kommandant, der sie auf seinem Monitor beobachtet, hat den Eindruck, dass auch der letzte Teil seiner Rede die beabsichtigte Wirkung nicht verfehlt. Während seine Augen von einer Person zur anderen wandern, gilt sein besonderes Interesse den Flugingenieuren, insbesondere denjenigen männlichen Geschlechts. Nach einer Weile bemerkt er, dass die Menschen sich wieder regen, weil sie glauben, die Ansprache sei zu Ende.

„Ich muss Euch bitten, noch zu bleiben", setzt er seine Rede fort. „Nur noch einen kurzen Moment. Es geht also um die Reparatur – wir mussten leider feststellen, dass sie nicht gänzlich von Robotern ausgeführt werden kann. Roboter passen nicht durch die Öffnung, die der Meteorit gerissen hat. Dort müssen wir aber hinein, um die elektrischen Anschlüsse zu sichern, bevor wir die gesamte Kugel austauschen. Wir benötigen also eine menschliche Kraft, eine, die bereits mehrfach Außeneinsätze geleistet hat."

Der Flugingenieur, um den es hier geht, wird hellhörig. Die Aufgabe erscheint ihm reizvoll. Sie ist nicht ganz einfach; man benötigt eine gehörige Portion Wissen und Erfahrung, um zu vermeiden, vom Schwung der Rotation ins All geschleudert zu werden oder den Raumanzug an den schartigen Kanten des Risses zu beschädigen. Andererseits ist sie klar definiert: Er würde mit einem kleinen Shuttle zur Kugel fliegen, das Fahrzeug dort andocken und die Reparatur durchführen – fertig. Die kosmische Strahlung würde für diesen kurzen Augenblick keine Rolle spielen.

Er sieht sich um. Seine Kameraden von der Flugtechnik scheinen von ähnlichen Gedanken bewegt. Er hört, wie der Kommandant fortfährt:

„Ich habe beschlossen, die Aufgabe nicht einfach anzuweisen, sondern einen – oder eine – Freiwillige damit zu betrauen. Ich möchte, dass derjenige die Tat mit ganzem Herzen und allen Sinnen ausführt – mit vollem Einsatz zum Wohle des Ganzen! Ich muss nicht erwähnen, dass diese Leistung entsprechende Gegenleistungen nach sich ziehen wird ..." – hier stockt er, um seinen Worten Nachdruck zu verleihen, und lässt seinen Blick über die Zuhörer schweifen – „mein Gott, jetzt habe ich es doch erwähnt …“

Allgemeines Gelächter. Man erhebt sich, vertritt sich die Beine und redet mit den Freunden. Unser Astronaut bleibt für sich, er war immer schon ein wenig introvertiert. Dann schlägt er den direkten Weg zur Kommandozentrale ein.

4.

Während das Shuttle mit dem Astronauten noch ruhig auf der Startrampe steht, scheint sich das gesamte Weltall gleichmäßig um das Raumschiff zu drehen. Der glitzernde Streifen der Milchstraße folgt dieser Bewegung ebenso wie das Sternbild des Zentauer, von dessen Lichtpunkten einer im Laufe der langen Reise der „Goldenen Verheißung“ stetig an Helligkeit gewonnen hat und nun bereits alle anderen Sterne übertrifft. Es ist nicht etwa Proxima Centauri, der rote Zwerg, der nächstliegende, von dem der Kommandant gesprochen hat. Dessen glosendes Licht wird vom hellen Schein seiner beiden Schwestern, Alpha Centauri A und B, vollkommen überstrahlt.

Die Maschine des Shuttles läuft. Der Astronaut nimmt das Geschehen um sich herum kaum wahr. Er konzentriert sich angespannt auf die Geräte in seinem Cockpit und wartet auf die Startfreigabe, die er über sein COM erhalten wird. Er befindet sich etwa in der Mitte des Schiffes, wo die Fliehkräfte am geringsten sind. Als die Freigabe endlich erfolgt und er abdocken kann, als er langsam Fahrt aufnimmt und mit dem Fluggerät in den endlosen Raum entgleitet – erfasst ihn wieder jenes Glücksgefühl, das ihm von früheren Außeneinsätzen vertraut ist … die Empfindung völliger Schwerelosigkeit, absoluter Loslösung von den Routinen des Mutterschiffs, von unwiderruflicher Verschmelzung mit den Kräften des Alls …

Er ist nun nicht mehr Teil der Drehbewegung des Schiffes und muss aufpassen, von den rotierenden Enden des Mutterschiffes nicht zertrümmert zu werden. In elegantem Bogen setzt er sich noch ein Stück weiter ab und wendet das Shuttle, so dass er das ganze Konstrukt im Auge hat. Eine schwarze Silhouette vor schwärzester Schwärze, wie diese von zahlreichen Positionslichtern übersät. Er sieht die Lebenserhaltungsmodule mit ihren stachligen Auswüchsen, identifiziert dasjenige mit der Bezeichnung LEM 1 und beginnt, ihm mit aufgeblendeten Scheinwerfern auf seiner Kreisbahn zu folgen. Nun spürt er wieder die Fliehkraft und dreht sein Gefährt so, dass das Mutterschiff über seinem Kopf zu schweben scheint. Am auffallenden Schrägstand der Kugel erkennt er den beschädigten Konfektor und programmiert sein Shuttle auf automatische Annäherung. Bald sieht er den Spalt, den der Meteorit gerissen hat, fixiert einen Punkt unterhalb davon und gibt über COM den Befehl ein, dort fest anzudocken. Während dies geschieht, erstattet er Bericht an die Zentrale.

Die Arbeiten gestalten sich umfangreicher, als er es sich während der Ansprache des Kommandanten ausgemalt hatte, denn nun muss er genau den Dienstvorschriften folgen. Erster Schritt: Sicherungsleine an Raumanzug und Shuttle befestigen. Zweiter Schritt: Funktionsfähigkeit des Raumanzuges überprüfen. Dritter Schritt: Kanzel des Shuttles nach oben klappen. Vierter Schritt: Klebehanteln aktivieren. Fünfter Schritt: Werkzeugtasche umschnallen. Sechster Schritt: vorsichtig durch den Spalt in das Innere der Kugel klettern. Dabei die Hanteln benutzen und darauf achten, dass weder der Raumanzug noch die Sicherungsleine beschädigt werden.

In der Kugel ist es völlig dunkel. Er schaltet den Handscheinwerfer ein, dessen Licht kreuz und quer von den glänzenden Aluminiumwänden reflektiert wird. Er betrachtet die Stelle über seinem Kopf, an der die Kugel mit dem Haltemast verbunden ist. Dort befindet sich ein Konglomerat aus Kabeln,

Steckverbindungen, Sensoren und Messgeräten, Rechnern und ungenutzen Gerätesockeln. Indem er sich mit Hilfe der Hanteln an der Metallwand festsaugt, hangelt er sich bis zu dieser Funktionsgruppe hoch und nimmt sie genauer in Augenschein. Er kann jedoch keine Unregelmäßigkeit in der Elektrik erkennen. Mühsam bewegt er sich auf die andere Seite. Auch hier kein sichtbarer Schaden und schon gar nicht die Schmorspuren eines Kurzschlusses!

Mental bittet er die Zentrale um Rat und erhält die Empfehlung, die Spannung aller Stromleiter zu prüfen. Tatsächlich ist das Ergebnis bei allen negativ – bis auf einen. Es ist derjenige, der direkt mit dem Kugelkörper verbunden ist und normalerweise die Funktion hat, die Ladung aufzubauen.

In seinem Kopf hört er, wie in der Zentrale erregt darüber diskutiert wird. Dem Stimmengewirr entnimmt er schließlich, dass die gemessene Spannung nicht etwa zu hoch, sondern zu niedrig sei. Da die Kugel über das elektromagnetische Feld der benachbarten Kugeln beeinflusst werde, müsse sie eine deutliche Ladung aufweisen. Diese sei aber nur in Spuren vorhanden. Was darauf hinweist, dass der Strom irgendwo abfließt, und zwar an anderer Stelle als innerhalb des Konfektors.

Der Astronaut spürt die Frustration. Er verstaut das Messgerät und lässt sich, was auf der Erde kein Problem wäre, in dieser Situation aber streng verboten ist, den einen Meter „herab" auf die untere Kugelwand fallen. Er beschließt, noch einmal die äußere Hülle des Konfektors zu untersuchen – vielleicht ist den Robotern ja irgendetwas entgangen.

Wieder in seinem Shuttle umkreist er das Ende des Konfektors, die Scheinwerfer auf die Kugel gerichtet. Seine Augen schweifen langsam zum Tragemast, und da sieht er es: Der keramische Isolationsring, der zwischen Kugel und Maströhre sitzt, ist durch die Kollision beschädigt, ein Stück ist herausgebrochen. An dieser Stelle hat die Kugel möglicherweise Masseschluss, denkt er. Vorsichtig lenkt er sein Fahrzeug dichter an die Konstruktion heran und dockt an. Der Schaden liegt genau im Winkel zwischen Mast und Kugel, schwer erkennbar aus Sicht des Shuttles. So öffnet er ein weiteres Mal die Kanzel.

Dabei fällt ihm auf, dass er die Klebehanteln im Inneren der Kugel vergessen hat, und stößt einen wütenden Fluch aus, der auch in der Zentrale wahrgenommen wird und für Heiterkeit sorgt. Für alle Fälle, beruhigt er sich, hat er ja noch die Sicherungsleine.

Er verlässt das Fahrzeug und hockt jetzt im Scheinwerferlicht auf der Kugel, den Mast vor sich, das angedockte Shuttle hinter sich. Angedrückt von der Fliekraft des Raumschiffes kriecht er einige Schritte vor und erkennt nun den ganzen Schaden: Die schräg stehende Kugel hat den Isolationsring zerquetscht und dann das Ende des Tragemastes berührt. Durch den Kurzschluss war ein faustgroßes Stück der Kugel weggeschmolzen und hatte Metallspritzer nach allen Seiten verteilt. Vollkommen klar, warum die Hauptsicherung den Konfektor sofort abgeschaltet hatte. In der Zentrale sehen sie, was der Astronaut wahrnimmt, und bestätigen ihm freudig, dass sein Auftrag hiermit erfüllt sei.

Auch der Astronaut ist erleichtert. Er dreht sich vorsichtig um, setzt sich vor den Mast und gönnt sich eine Pause. Er bemerkt jetzt wieder das Rauschen seines Atems im Helm und meint auch zu spüren, wie sich sein Puls mit jedem Schlag weiter verlangsamt. Während die Spannung aus seinem Körper weicht, verschließt er die Augen vor den grellen Scheinwerfern des Shuttles und kommt allmählich zur Ruhe. Sein COM schaltet er gedanklich aus.

Nach einer Weile melden sich angenehme Erinnerungen, Bilder aus seiner Erdzeit tauchen auf, seine Mutter, damals noch nicht im Rollstuhl, das Haus der Familie am Rande der Stadt. Seine Schwester, die Zicke, die er vom Baum retten musste. Sein bewunderter Vater, nur selten zu Hause. Irgendetwas an diesen Erinnerungen stimmt ihn nachdenklich, er öffnet die Augen und starrt nach vorne. Von den Scheinwerfern des Shuttles geblendet sieht er – oder ahnt es eher – das Firmament endlos in dieselbe Richtung wandern. Die Positionslichter des Schiffes über ihm – bewegungslos. Die durchhängende Sicherungsleine pendelt sacht hin und her, sie verbindet ihn zuverlässig mit seinem Raumfahrzeug.

Ein schwacher Schimmer streicht sanft über sein Shuttle, und ihm ist so, als sei in diesem Licht auch das Raumschiff leicht aufgeglüht. Er wendet den Blick nach oben, bemerkt aber nicht, dass einige Positionslichter erloschen sind. Gleichzeitig nimmt er unbewusst wahr, wie die Scheinwerfer des Shuttle leicht abdrehen, dann wieder aufscheinen. Als ihm endlich klar wird, dass irgend etwas mit der Maschine nicht stimmen kann, rieselt ein Schauer durch seinen Körper und sein Puls beginn zu rasen. Mit Entsetzen sieht er, dass sich sein Fahrzeug von der Kugelhülle gelöst hat und mit offener Kanzel sacht vor ihm hin und her schwankt.

Er hat keine Erklärung, er weiß nur, dass dies ein ungeheuerliches Geschehen ist, und Todesangst wächst in ihm auf. Sein Körper verkrampft sich; er sitzt starr, unfähig zu jeglichem Gedanken. Währenddessen vergrößert sich der Abstand zwischen Kugel und taumelndem Gefährt unaufhaltsam. Die Sicherungsleine, eben noch übermäßig lang, beginnt sich zu straffen. Mehr sein Unterbewusstsein als er selbst sieht nur noch zwei Möglichkeiten: Sich mit kühnem Sprung und mit Hilfe der Sicherungsleine in das Shuttle zu retten oder die Leine zu kappen und auf dem Konfektor zu bleiben. Gemäß den Vorschriften wäre wohl Ersteres geboten. Allerdings erscheint ihm das Verhalten des Shuttles wenig vertrauenerweckend, vielmehr geradezu feindselig.

Nun spannt sich die Leine; sie zerrt an seiner Montur und droht ihn mit Gewalt vom Konfektor zu ziehen. Da reißt er den Panikhaken und gibt die Leine frei.

Noch sitzend, klammert er sich an den Schweißnähten der Kugel fest; es gelingt ihm, wieder ganz an den Mast heranzurutschen und, mit den Armen nach hinten greifend, notdürftig

Halt zu finden. Seine Gedanken tanzen wild, angestrengt sucht er eine Möglichkeit, die Situation doch noch zu wenden, vielleicht das Shuttle, das immer wütender vor ihm ausschert und ihn abwechselnd in gleißendes Licht und dämmrige Dunkelheit taucht, doch noch zu erreichen – aber irgendetwas hält ihn vom ultimativen Sprung ab. Er sieht zu, wie das Gefährt plötzlich abdreht und in taumelnden Schwüngen, wie von Geisterhand gelenkt, zwischen den Konfektoren hindurchfindend ins leere All hinausdriftet.

Ihm ist klar, dass sein Tod damit praktisch besiegelt ist. Er könnte genau so gut aufstehen, von seiner Kugel springen und dem Shuttle in die unendliche Schwärze folgen. Die Alternative wäre: Ausgestoßen, isoliert auf seiner Kugel sitzend und das rotierende All betrachtend, so lange auszuharren, bis die Reserven seines Raumanzuges aufgebraucht wären und er zuerst ersticken oder erfrieren würde. Dies würde spätestens in zwei Stunden der Fall sein.

Plötzlich wird die Angst so groß, dass er sie nicht mehr spürt und er sich merkwürdig frei fühlt. Die Frage nach dem Sinn streicht unvermittelt durch seine Gedanken, vielleicht zum ersten Mal in seinem Leben. Wozu, denkt er, war dieser ganze Aufwand nötig? Wozu seine entbehrungsreiche Ausbildung, wozu die ständigen lebensverlängernden Maßnahmen, das Einhalten einer neurologisch definierten Balance, die Befolgung des Yin und Yang? Wenn das ganze Lebensprojekt – nein, einfach nur sein eigenes Leben – aus einem solch nichtigen Ereignis heraus beendet werden soll?

Er fühlt sich fiebrig.

Er fragt sich, ob überhaupt jemand im Mutterschiff seinen Unfall bemerkt hat. Er denkt an sein COM und lauscht in sich hinein, um Kontakt mit der Zentrale aufzunehmen. Er hört und sieht nichts, sein Kopf bleibt leer. Er weiß nicht einmal, ob sein COM noch an der richtigen Stelle sitzt. Dennoch versucht er es: „Kommunikation – an!“ Sein Befehl zeigt keine Wirkung.

Noch einmal: „Kommunikation – an!“ Nichts. „Notfall! Notfall! Kommunikation – an! An! An! Aaaannn!!!“

Nichts.

Er hebt seinen Blick zum Mutterschiff. Sämtliche Lichter sind erloschen.

5.

Irgendwann in den ersten hundert Jahren der Reise hatte unser Astronaut eine Diskussion mit seiner Freundin Jeanny. Es ging um das Aussterben der Saurier.

„Die Dinosaurier sind wegen eines Asteroideneinschlags ausgestorben“, hatte er gesagt. „Das ist jedenfalls die gängige Theorie. Der aufgewirbelte Staub hat das Sonnenlicht verdunkelt, die Pflanzen sind eingegangen und die Viecher mussten elend verhungern. – Ich glaube das alles nicht.“

„Aber warum nicht?“, sagte Jeanny. „Das ist doch sehr einleuchtend.“

„Sicher ist es einleuchtend. Ich sage ja auch nicht, dass es so nicht gewesen sein kann. Aber diese Hypothese ist viel zu sehr von den Möglichkeiten der Beweisführung geprägt. Von dem, was das Handwerkszeug der Archäologen und Geologen eben an Knochen und Ablagerungen zu Tage fördern kann. Es gibt aber auch andere Möglichkeiten. Erklärungen, für die es prinzipiell keine materiellen Indizien geben kann.“

„Und was wäre das, du Oberschlauer?“

„Na Seuchen zum Beispiel. Krankheiten, an denen nur Dinosaurier gestorben sind, weil nur die keine Abwehrstoffe bilden konnten. Kannst du dir vorstellen, dass ein Archäologe das Skelett eines Virus in die Kamera hält und sagt: Der war's? Wohl kaum. Oder organische Schwächen, Schwächen im Immunsystem. Allergien. Empfindlichkeit gegenüber speziellen Umweltgiften.“

„Alles ganz schön spekulativ, findest du nicht?“

„Aber das andere ist einfach zu schön, um wahr zu sein. Hör mal, die Dinosaurier haben alle möglichen Biotope bevölkert – und zwar dicht bevölkert! –, von der Luft über das Land bis ins offene Meer, und das in allen Größenklassen. Einige Arten haben sogar im Boden gegraben wie die Maulwürfe! Und alle sind ausgestorben! Im Gegensatz zu vielen Arten, die nur einen eng definierten Lebensraum und begrenzte Überlebensfähigkeiten hatten – die Krokodile und viele andere Echsen zum Beispiel.“

„Aha. Der Asteroid war es also nicht. Und was, glaubst du, war es?“

„Ich glaube, es war ein Gammablitz!“

6.

Natürlich wissen alle an Bord, was Gammastrahlenblitze sind. Doch obwohl auf dem Raumschiff fast täglich kleinere Einschläge registriert wurden, waren sie fast nie Thema fachlicher Diskussionen. Man redet nicht darüber – vielleicht, weil sie aufgrund ihrer Lichtnatur irgendwie unkonkret sind, vielleicht aber auch, weil ihr Eintreffen so plötzlich und unabänderlich geschieht. Sie sind Produkte kosmischer Katastrophen und rasen mit Lichtgeschwindigkeit durch das All, mal verheerend, mal kaum messbar, eine Vorwarnung ist nicht möglich. Einen gewissen Schutz vor der tödlichen Strahlung bieten – ähnlich dem Magnetfeld der Erde – die Plasmaschirme, die, von den Konfektoren gehalten, sich um die lebenserhaltenden Module des Raumschiffes hüllen.

7.

Hell getünchte Wände, gedimmtes warmes Licht. Der Raum ist viel zu groß für das weiße Bett, das darin steht. Wären nicht die Apparate an dessen Kopfende, so würde der Geruch von Medikamenten darauf hinweisen, dass es sich hier um ein Krankenzimmer handelt.

Für die Verhältnisse eines Raumschiffes ist es geradezu gemütlich: Es besitzt, allen Hygienevorschriften spottend, einen großen runden Teppich, Bilder an der Wand und eine große Deckenlampe, die jedem irdischen Wohnzimmer Ehre gemacht hätte. Das Besondere aber ist die eine Wand, die als Bildschirm ausgeführt ist und dem Bettlägrigen die Aussicht auf ein herrliches – wenn auch unbewegtes – Panorama bietet: eine Schweizer Berglandschaft. Zur Linken eilen Gemsen über die Felsen; in der Luft fliegt ein Steinadler. In der Ferne, zwischen Matten und Wäldern, sieht man eine Straße und ein Dorf.

Im Raum ist es still, wenn man einmal vom ewigen Raunen der Versorgungssysteme und den tickenden Arbeitsgeräuschen der medizinischen Apparate absieht.

Die Person im Bett ist nahezu vollständig in Verbände eingehüllt. Nur Augen, Nase und Mund liegen frei. Sie scheint schwer verletzt, nach den Binden zu urteilen hat sie schwere Verbrennungen davongetragen. Neben dem Bett sitzt eine Frau, ihre Hand sachte auf den Arm des Liegenden gelegt. Der spürt davon nichts; über einen Infusionsschlauch werden ihm ständig schmerzlindernde Medikamente zugeführt.

Außer den beiden Menschen befindet sich noch eine weitere Person im Raum: In einer Ecke auf einem Hocker kauert unauffällig ein Pflegeroboter, genauer gesagt, ein Androide, im Stand-by-Modus.

Der Kranke wendet seine Augen seiner Besucherin zu und sagt leise: „Ich danke dir."

Sie schüttelt den Kopf. „Du musst dich nicht ständig bedanken. Das habe ich wirklich gerne getan."

„Du hast mehr getan, als du musstest. Viel mehr."

„Möglich. Aber was sollte ich machen? Ich konnte Dich doch nicht dort draußen sitzen lassen!"

„Du solltest dich doch um die Farmen kümmern. Die standen im Dunkeln und kühlten immer mehr aus. Die ganze Ernte von LEM 16 war in Gefahr."

„Das stimmt, aber nach einer halben Stunde war das Gröbste vorbei."

„Und du warst die Einzige im ganzen Team, die daran gedacht hat, dass da noch jemand im Kosmos herumstromert, und hast mich gesucht."

Sie greift unwillkürlich an ihre Schläfe. Ihr COM hat sie abgelegt, um ungestört mit ihrem Freund reden zu können. „Unruhig wurde ich erst, als ich keinen Kontakt zu dir bekam. Das COM funktionierte nicht."

„Alle COMs sind ausgefallen, habe ich gehört."

„Ja, aber die gingen nach kurzer Zeit wieder. Nur deins nicht."

Der kranke Astronaut seufzt. „Ja, warum wohl? Mich hat es da draußen wohl etwas heftiger erwischt als euch hier drinnen. Der Schutzschirm für die bewohnten Module war im Wesentlichen intakt."

„Genau. Bis auf die Stelle, wo du warst."

Die Erinnerung daran ist ihm sichtlich unangenehm. Er rollt mit den Augen und versucht sich aufzurichten. „Glaub' mir, es war grauenhaft, so mutterseelenallein auf dieser Kugel. Ich hatte schon mit allem abgeschlossen. Und da, plötzlich ... taucht dein Shuttle auf, ganz weit hinten ..."

„Psst, nicht aufregen! Leg dich wieder hin."

Er lächelt sie an und lässt sich zurück auf die Kissen sinken.

Dann fragt er: „Weiß man jetzt schon genau, was eigentlich vorgefallen ist?"

„Na ja. Was war es wohl? Du hast mit mir einmal darüber gesprochen. Es war ein Gammablitz!“

„Oh nein!“

Sie beißt sich auf die Lippen. Sie hatte gedacht, das sei ihm klar gewesen. Aber offensichtlich ist es nicht so. Dann weiß er vielleicht auch nicht, wie schwer seine Verletzungen wirklich sind. Sie sind so schwer, dass es sinnlos ist, die geschädigten Organe auszutauschen. Die chirurgischen Fähigkeiten des medizinischen Androidenteams können zwar wahre Wunder vollbringen; aber in diesem Fall sind sie machtlos. Man müsste alles austauschen, einschließlich des Gehirns. Aber das wäre nur eine zynische Umschreibung für einen Umstand, den man eigentlich seit Langem für überwunden hielt.

Den Tod.

8.

„Das kann nicht sein!“

Der Astronaut hat sich im Bett aufgerichtet und blickt starr geradeaus, als gäbe es dort eine Erklärung. „Ich habe doch gar nichts gemerkt! So etwas spürt man doch! Außerdem gab es keinerlei Vorzeichen! Bist Du sicher, dass es nicht ein Flare war? Ein Flare von Proxima Centauri?“

„Entschuldigung, Entschuldigung ... natürlich kann es alles mögliche gewesen sein ...“

„Ich war so kurz draußen, höchstens zehn Minuten ... es ist einfach zu unwahrscheinlich, dass genau in diesem Moment ein Blitz eingeschlagen hat ... es völlig unmöglich!“

„Vielleicht hast Du Recht. Aber irgendetwas muss es ja gewesen sein.“

„Und wer sagt, dass es ein Blitz war? Wer verbreitet solche Latrinengerüchte?“

„Die Zentrale.“

„Und woher nehmen die ihre Weisheit? Haben die Geräte irgend etwas in dieser Art aufgezeichnet?"

„Da ... fragst Du mich zu viel. Ich weiß es nicht."

Er sieht sie mit flammendem Blick an. „Das können wir ja herausfinden. Gib mir mein COM. Oder noch besser: Andro!"

Der Pflegeandroid in der Ecke erwacht zum Leben. Seine farbigen Dioden funkeln, er steht bedächtig auf und rollt an das Bett. Seine weiß glänzende Gestalt entspricht in der Form ungefähr einem Menschen, oder eher der Karikatur eines Menschen.

„Andro! Ich möchte Folgendes wissen", sagt der Astronaut. „Was für ein irreguläres Ereignis ist in den letzten zwei Tagen aufgetreten?"

Der Androide stutzt einen Moment, wie er es immer tut, wenn er etwas gefragt wird. Er forstet wieselflink sämtliche Netzwerke und Dateien durch, um die optimale Antwort zu finden. Auch er ist mit dem COM-Netzwerk verbunden, hat aber nicht zu allen Anschlüssen Zugang. Endlich flaut das Klicken und Surren in seinem Brustkorb ab, und er setzt zu einer endlosen Litanei an, die eine akkurate Aufstellung aller Defekte und Fehlleistungen innerhalb sämtlicher Module der „Goldenen Verheißung" darstellt.

„Andro!", unterbricht ihn der Astronaut. „Ich meine: ein Ereignis, das von außen auf das Schiff eingewirkt hat!"

„... Achzehn-elf-Bordzeit: Extremer Anstieg der kurzwelligen Strahlung für etwa sechs Minuten. Ausfall der gesamten Elektrik, teilweiser Ausfall der Backup-Systeme, Ausfall des COM-Netzwerkes ..."

„Gib uns mehr Informationen zum Anstieg der Strahlung!"

„Achzehn-elf-34-Bordzeit: Schlagartiger Anstieg der Strahlungsenergie im Bereich von 0,05 bis 8,2 Picometer. Energetischer Peak bei circa 1,2 Megaelektronenvolt. Abflauen bei etwa Achzehn-sechzehn-vierzehn-Bordzeit. Nachglühen mit größerer Wellenlänge hält an."

„Und es ist kein Irrtum möglich?“, fragt der Astronaut. „Ich meine, die Geräte sind doch ausgefallen. Die können doch sonstwas aufgezeichnet haben.“

„Die Geräte waren beim Einschlag noch intakt. Sie sind erst kurz danach ausgefallen, als das ganze System überlastet war.“

Lähmendes Schweigen. Langsam lässt sich der Kranke wieder zurück in die Kissen sinken. Jeanny schickt den Androiden zurück in seine Ecke.

„Man hätte mich nicht rausschicken dürfen!“, raisonniert er. „Man hätte es noch einmal mit einem Roboter versuchen müssen! Schon allein wegen der Flares von Proxima Centauri!“

„Damit willst du sagen, die Zentrale sei schuld“, sagt Jeanny.

„Natürlich! Sie hatten alle Informationen. Sie wussten vielleicht, dass so ein Ereignis bevorstand. Wie gesagt, schon allein wegen der Flares ... und du, dich haben sie auch nach draußen gelassen. Du hast wahrscheinlich auch etwas abgekriegt.“

„Aber ich bin in meiner Kapsel geblieben, unterhalb der geöffneten Kanzel. Ich habe dir nur die Sicherungsleine rübergeworfen. Du hast dich eingehängt und dann an Bord gezogen.“

Sein Versuch, in ihr eine Leidensgenossin zu finden, ist fehlgeschlagen. „So ein Glück“, flüstert er.

Dann wieder ein langes Schweigen, während sie seine Hand hält. Er schließt die Augen, wendet den Kopf ab, über die Nase kullert eine Träne. „Ich werde den Andro noch einmal rufen“, sagt er. „Ich will wissen, wie schwer die Verletzungen sind und wie es nun weitergeht.“

„Das kann ich dir auch sagen. Es ist, wie es ist.“

„Also Exitus!“

„Holger! Wir haben dich von oben bis unten untersucht. Du hast über zehn Sievert abbekommen. Du weißt selbst, was das bedeutet.“

„Klar weiß ich das. Ist ja nicht zu überhören!“

„Entschuldigung, ich dachte …“

„Du dachtest, ich soll mich gefälligst mit den Realitäten abfinden.“

Sie nickte.

„Also warten wir jetzt auf ein Wunder.“

9.

„Glaubst Du an das ewige Leben?“

„Es gibt immer einen Weg“, antwortet sie.

„Ich meine nicht eure Dao-Weisheiten. Mich interessieren hier keine kryptischen Formeln oder fließenden Energien. Aber um in deinem Bild vom Weg zu bleiben: Sind nicht manche Wege Sackgassen? Oder meinst du, das Haus am Ende der Gasse sei nicht verschlossen und man könne hindurchgehen, um dann wieder auf eine neue Straße zu gelangen?“

Er hat sie mit seiner Frage irritiert, und das Bild mit der durchlässigen Sackgasse verwirrt sie vollends.

„Ich verstehe schon“, räumt er ein, „du hast noch viele, vielleicht Hunderte Jahre vor dir. Da brennt dir die Frage nach dem Jenseits nicht gerade auf den Nägeln. “

„Ich glaube an das Dao, den stetigen Streit von Yin und Yang, der doch ein ewiges Gleichgewicht bewirkt.“ Sie sagt es auf wie ein Konfirmand in der Prüfung.

„Sicher, sicher, unsere Raumschiffreligion. Diese Vorstellung passt zu Menschen, die praktisch ewig leben – im Diesseits leben, meine ich. Nur nicht die Ruhe verlieren! Immer im Gleichgewicht bleiben, nicht durch irgendwelche Ausbrüche oder Risiken das Weiterleben gefährden, für das man doch so viel Aufwand getrieben hat. Aber was machst du, wenn es dann doch nicht klappt? Wenn du am Ende dann in besagter Sackgasse stehst? Setzt du dich dann hin und meditierst?“

Sie lächelt großmütig. „Das wäre wohl nicht die schlechteste Idee. Ganz in Ruhe abwarten, was kommt. Es einfach passieren lassen. Alles ist möglich. Auch das Jenseits."

„Das wäre zumindest ein Tod in Würde", sagt er und verfällt in grüblerisches Schweigen.

„Also das ist mir zu wenig, ein Tod in Würde", sagt er schließlich.

„Und in Frieden, vergiss das nicht."

„Hör mal: Wenn ein Huhn getötet wird, damit wir Fleisch haben, dann kräht kein Hahn danach, was seine Seele anschließend so treibt. Niemand hat Angst davor, jetzt oder gar nach dem Tod mit dem Geist des Huhns zusammenzutreffen und womöglich zur Rechenschaft gezogen zu werden. Wenn das Huhn tot ist, dann ist es in unseren Augen aus und vorbei, basta! Wie bei einer Mücke, die wir erschlagen haben. Warum nicht genauso beim Menschen?"

„Das Dao ist dasselbe für alle Lebewesen."

„Das sagt die Raumschiffreligion. Aber die meisten Menschen sehen das nicht so. Ich frage mich: Warum braten wir für uns Menschen so eine Extrawurst? Ist es die Angst? Haben wir so viel Angst vor dem Sterben, dass wir zu jedem Selbstbetrug bereit sind? Ist es das? Zwingt uns der Lebenstrieb das Bild vom Weiterleben einfach auf?"

„Wäre es nicht eine schöne Vorstellung: Wir landen auf Alpha Centauri-Bd und du bist im Geiste dabei. Wir nehmen den Planeten in Besitz, und du bist dabei. Du kannst uns sogar aus dem Jenseits helfen, unsere Kolonie aufzubauen."

„Genau das meine ich: Wunschvorstellung!"

„Also, um auf deine Frage von vorhin zurückzukommen: Ich glaube an ein Weiterleben nach dem Tod."

„Aha, warum so plötzlich?"

„Na ja ... es erscheint mir einfach unsinnig, dass so etwas Komplexes wie der Mensch, neben dem auch der teuerste Androide wie ein Hampelmann wirkt – dass so ein Wunderwerk einfach so vergehen soll. Dazu wurde es nicht geschaffen."

„Geschaffen?"

„Also ... Du kennst doch die Witze. Da schüttelt jemand kräftig das Weltall, und zufällig fügen sich die atomaren Teilchen zu einem Raumschiff. Das ist unmöglich. Glaube ich jedenfalls. Und so wäre es auch beim Menschen, nur noch viel unwahrscheinlicher."

„Hmmm ..."

„Möchtet ihr etwas zu Trinken?", tönt die sonore Stimme des Pflegeroboters dazwischen. Er hat wohl auf das Wort ‚teuerster Androide' reagiert und sich unbemerkt an das Krankenbett bewegt. „Cola, Saft, Wasser?"

„Möchtest du etwas?", fragt Jeanny. „Ich glaube, du sollst viel trinken!"

„Na gut. Ein Bier, wenn's beliebt."

„Bier nur an kosmischen Feiertagen."

„Also praktisch nie. Na gut. Dann Wasser."

Jeanny möchte nichts, und der Androide zieht ab.

„Der kann ewig leben, wenn er ordentlich gewartet wird", sagt der Astronaut.

„Praktisch lebt er aber nur so lange, bis das neue Modell rauskommt."

„Was ist los?" Andro hat angehalten und den Kopf um hundertachzig Grad gedreht.

„Ohne Kohlensäure, bitte", ruft der Astronaut.

10.

Jeanny ist aufgestanden und tritt an die Sichtluke. Unter all den Sternen, die am Luk vorbeiziehen, sticht der Doppelstern Alpha Centauri bereits hell hervor. Ihre Schwester Proxima Centauri ist immer noch in ihrem Lichtschein gefangen.

„Bald sind wir am Ziel“, sagt sie. „Es dauert nur noch ein paar Jahre, dann schwenken wir in den Orbit ein.“

„Ehrlich gesagt, es tut gut zu wissen, dass die Goldene ‚Verheißung“‘ ihrem Namen gerecht wird. Auch wenn ich nicht dabei sein werde. Obwohl ... im Augenblick geht es mir etwas besser.“ Er atmet tief durch. Das Gespräch mit seiner Freundin tut ihm offensichtlich gut. Das flimmernde Gefühl, das seinen ganzen Körper erfasst hatte, ist abgeklungen. In dem Moment öffnet sich mit einem leisen Zischen die automatische Türe, und der Androide kommt mit einem Teewagen herein, auf dem eine Flasche Mineralwasser und ein Glas stehen.

„Bitte sehr, ein Wasser ohne Kohlensäure.“ Er gießt in vollendeter Kellnermanier das Glas halb voll, während seine Dioden geheimnisvoll funkeln. „Brauchst du sonst noch etwas?“

Der Astronaut verneint, und der Androide verschwindet mit dem Wunsch nach baldiger Genesung zurück in seine Ecke.

„Ist das Glas nun halb voll oder halb leer?“, fragt Jeanny, um ihn auf andere Gedanken zu bringen. Sie sitzt wieder an seinem Bett und lächelt verschmitzt.

„Das kann ich dir genau sagen: Es ist halb voll.“

„Und warum nicht halb leer?“

„Weil es darauf ankommt, welcher Zustand eigentlich angestrebt wird. Voll oder leer. Andro hat mir das Glas halb voll gegossen, nicht halb leer.“

„Aha ...“

„Also wenn du mir das Glas jetzt ganz voll gießt, und ich trinke die Hälfte aus, dann ist es noch nicht ganz leer, aber halb. Halb leer.“

Halb leer, das Wort bleibt im Raum hängen. Plötzlich wird beiden bewusst, dass das Wortspiel in Schieflage geraten und aus dem Spaß Ernst geworden ist. Dass sie damit nur die prekäre Situation des Kranken umkreist haben. Nicht ganz leer – aber bald ...

11.

Sinnend starrt der Kranke an die Decke. „Ich hätte da noch eine andere Frage."

„Und die wäre?"

„Glaubst du an Gott?"

„An ein höheres Wesen? Na, ich glaube jedenfalls, dass sich die Vorstellung von einem Gott nicht unbedingt mit unserer ‚Raumschiffreligion', wie Du es nennst, stoßen würde."

„Aha. Und was heißt das?"

„Na ja, also ich kann mir schon vorstellen, dass es Wesen im All gibt, die wesentlich höher entwickelt sind als wir. Warum sollte unsere Zivilisation die älteste im Kosmos sein?"

„Also du glaubst, dass es irgendwo Aliens gibt, die schlauer sind als wir. Na gut, das meine ich nicht. Ich rede von einer mächtigeren Person, einer, die jenseits der Naturgesetze steht, die sogar in diese Gesetzmäßigkeiten eingreifen kann. Die vielleicht auch unser Schicksal beeinflussen kann. Glaubst du daran?"

„Ich kann mir schon vorstellen, dass es sie gibt. Allerdings steckt in dieser Vorstellung auch die Tatsache, dass wir geistig zu primitiv sind, als dass wir sie erkennen könnten."

„Das ist korrekt." Doch er scheint mit dieser Antwort immer noch nicht zufrieden zu sein. „Aber ich meine noch etwas Anderes. Lass es mich so sagen: Ich meine den guten alten Mann mit Bart im Paradies, der zu mir ‚ei ei ei' sagt, wenn es mir schlecht geht, der sich um mein irdisches Glück sorgt und mich gnädig in seine Arme zurück nimmt, wenn es denn so weit ist. Glaubst du an den?"

„Soll ich ehrlich sein?"

„Wenn es sich ermöglichen lässt ..."

„Also – wohl eher nicht. Diese Vorstellung kommt mir doch zu künstlich vor. Das wäre einfach nur reines Wunschdenken ..."

„Siehst du! Aber genau auf diese Figur kommt es an. Lass doch die Aliens oder die allgewaltigen Lichtgestalten durch das All sausen und anstellen, was sie wollen. Lass sie mit schwarzer Materie und mit Blitzen um sich schlagen, lass sie auch massenhaft Sterne oder unser Schiff in schwarzen Löchern versenken – aus all dem können wir nur entnehmen: Sie interessieren sich nicht für uns. Unser Schicksal ist ihnen Wurst. Da können wir beten, so viel wir wollen."

„Also dann ..."

„Dann kommt nur noch der alte Mann in Frage. Der ‚liebe' Gott. Alles andere wäre nichts, an das es sich zu glauben lohnte."

Jeanny denkt nach.

„Und? Glaubst du an ihn?", fragt er.

„Was möchtest du hören?"

„Dass man den menschlichen Geist verhöhnt, wenn man an ihn glaubt. Dass es geradezu peinlich wäre, an so ein hausgemachtes Götzenbild auch nur zu denken! Dass der Tod nicht würdevoll sein kann, wenn man auf dem Sterbebett einknickt. Das will ich hören!"

Sie erschrickt beinahe, als sie seinen zornigen Blick sieht, der ihr aus dem schmalen Fenster, das der Kopfverband freilässt, entgegenflammt.

„Ja gut, aber was bleibt uns dann noch?", fragt sie betroffen.

„Das werde ich in der Zeit, die mir noch bleibt, herausfinden. Vielleicht doch allein die Würde?"

„Warum machst du es dir nur so schwer? Es kommt, wie es kommt. Du solltest dich beruhigen. Wollen wir zusammen meditieren?"

Er wehrt ab. „Schön, dass du da warst, Jeanny. Entschuldige, dass ich so negativ bin. Lässt du mich jetzt allein?"

Jeanny ist alles andere als zufrieden mit dem Verlauf ihres Besuches. Sie konnte ihn nicht trösten, weniger noch, sie hat sich durch seine finstere Art anstecken lassen und fühlt selbst das Verlangen, den Raum zu verlassen. Die Fragen sind ihr zu fremd, zu wenig relevant, sie fühlt sich in diesen Regionen nicht wohl. So wundert sie sich selbst, wie schnell sie aufsteht. „Also dann – bis morgen."

„Sehr gut. Bis morgen."

„Und gute Bess... eine gute Nacht wünsche ich dir."

„Ich dir auch."

Als sie ihn verlassen hat, ruft er den Androiden zu sich heran. „Andro: Ich würde gerne Musik hören. Vielleicht etwas Klassisches."

„Etwas Klassisches. Einen Moment ..."

„Suche einfach etwas Schönes aus. Du weißt ja, worum es geht."

Der Automat funkelt und rollt nachdenklich davon.

„Ach, Andro!", ruft der Astronaut hinter ihm her. „Und mach' das Video an!" Nach all seinen harten Worten fühlt er das Bedürfnis nach etwas Tröstlichem, und sei es etwas vollkommen Unnützes, etwa die Erinnerung an seine Mutter oder an ein Lied, das er als Kind gehört hat. Wenn keine Würde mehr möglich ist, denkt er, so bleibt immer noch der Trost ...

In das Bild an der Wand kommt Leben. Die Gemsen erklimmen endlich ihren Felsen, und der Adler schreit durch die Lüfte. Berge und Tal scheinen plötzlich Wirklichkeit zu werden. Mit weichem wogenden Klang setzt auch das Largo ein, das Andro ausgewählt hat, und eine schöne Baritonstimme singt:

Ombra mai fu
Di vegetabile
Cara ed amabile
Soave più ...

12.

Absolute Schwärze. Winzige Lichtpunkte beleben das Nichts, als hätte jemand Löcher in eine schwarze Wand gebohrt. Sie sind starr; sie funkeln nicht und verstärken so den Eindruck allumfassender Gleichgültigkeit.

In der Dunkelheit kaum zu erkennen folgt ein Raumschiff seinem geraden Kurs. Es wird bald in den Bremsmodus übergehen. In etwa achtundzwanzig Jahren wird es am Ziel sein.

Bisher hat das Projekt keine personellen Ausfälle verzeichnet – bis auf einen. Aber ein einziger Abgang in 210 Jahren – einer von 675 Duranten – das kann zweifellos als gutes Ergebnis gewertet werden.

Bombenlager

1.

Käfer hasste diese Empfänge. Für ihn stellten sie nichts weiter als eine Störung seines täglichen Arbeitsablaufes dar. Sicher, viele hätten sonstwas dafür gegeben, die Reichen dieser Welt einmal aus der Nähe zu sehen. So wie Ella, seine Cousine, zum Beispiel. Für sie gab es nichts Erhebenderes, als sich im Abglanz irgendwelcher Königshäuser zu sonnen. Beinahe jede freie Minute nutzte sie, um sich den „Königskanal“ im Fernsehen reinzuziehen. Teures Bezahlfernsehen wohlgemerkt! Und das in der Mitte des einundzwanzigsten Jahrhunderts! Nun ja, wenn man selbst so wenig Bedeutung hatte ... Er selbst hatte keinen Fernseher mehr. Ihm waren die Programme schichtweg zu blöd, für ihn als Biochemiker war kaum etwas dabei, da könne er sich genauso gut in die Bahnhofshalle stellen, dachte er sich, und die Leute beobachten. Oder wie heute – in den Empfangssaal der Firma DURATEC.

Der Raum war nicht übermäßig groß, aber doch deutlich voluminöser als die weiteren Konferenzräume der Firma. Er war sparsam eingerichtet – ein Rednerpult und davor drei halbkreisförmige Sitzreihen für die Honoratioren, an den Wänden teure Damastvorhänge, auf dem Parkett ein großer Peking-Teppich aus Seide; das Ganze überkront von vier kleinen Kandelabern, die brannten, obwohl es im Raum taghell war. Alles in allem kein Ort, an dem sich Wissenschaftler wirklich wohl fühlten. Die meisten von Käfers Kollegen waren schon da und standen in Grüppchen an den Wänden.

Käfer stellte sich zu ihnen und zog eine Grimasse. Wieder eine Stunde – mindestens! – der Arbeitszeit für nichts und wieder nichts vergeudet, und das in der gesamten Firma! Und alles nur, um vor mehr oder weniger (eher Letzteres, dachte Käfer) seriösen, auf jeden Fall durch die Bank steinreichen Bonzen zu katzbuckeln. Schon fast wie im Mittelalter, dachte er. Wo sind wir hingeraten! Wir marschieren auf dem Zeitstrahl zurück, und das in Eilmärschen. Magnis itineribus, fiel ihm aus dem Lateinunterricht ein.

„Wer ist es heute?“, fragte er in die Runde.

„Mswati der Fünfte“, sagte Klara Mundt, die Chefsekretärin. Sie war klein, etwas mollig, aber nach Käfers Maßstäben recht gut geraten. Er mochte sie.

„Aha. Dann ist ja alles klar.“

„König von Swasiland. Arm aber sexy. Die Bürger, nicht er. Er ist steinreich. Soll einer der reichsten Fürsten der Welt sein.“

„Wenn's denn ehrlich verdientes Geld ist ...“

„Hauptsache, er lässt es bei uns.“

„Das wird er! Und nicht zu knapp!“

In die Gruppe an der Türe kam Bewegung. Herein strömten die Angestellten des IZN, des Instituts für Zell- und Neurobiologie der Charité, das im selben Gebäude wie die DURATEC residierte und mit diesem vielfältig verbandelt war. Offenbar wollte man dem afrikanischen Potentaten einen ganz großen Bahnhof bieten. Fehlte nur noch, dachte Käfer, dass Fähnchen zum Schwenken ausgeteilt wurden.

Eine Stunde später, als der Gesprächsstoff langsam ausging und die meisten schon von einem Fuß auf den anderen traten, war es endlich so weit. Wer einen afrikanischen Häuptling wie aus einer Musical-Show erwartet hatte, wurde enttäuscht: Ein dunkelhäutiger, kleiner Mann mittleren Alters mit rundlicher Statur trat herein, gekleidet in einen ganz normalen dunklen Anzug. Nur seine drei Lieblingsfrauen in seinem Gefolge, die ihn um einen Kopf überragten, machten einen halbwegs exotischen Eindruck: Ihr Outfit war allerdings eher der Pariser Haute Couture als afrikanischen Überlieferungen zuzuordnen.

Wie seine Vorgänger hielt Mswati auf Stammestraditionen, die zusammengefasst Ludwig dem vierzehnten, dem französischen Sonnenkönig, zur Ehre gereicht hätten. Nur in einem machte er eine Ausnahme: Er wollte sich nicht, wenn die Zeit reif sein würde, zu seinen Ahnen gesellen und die Geschäfte von Geistern betreiben. Nein, er wollte, koste es was es wolle, sein irdisches Leben verlängern, wenn es ging, bis zum Alter von hundertfünfzig Jahren. Bei voller Manneskraft natürlich. Und bis dahin, sagte er sich, wird auch der Stein der Weisen gefunden sein, der ihm ewiges Leben schenken würde.

Käfer fragte sich, ob Mswasi auch seinen drei Lieblingsfrauen diese Beglückung gönnen würde. Vermutlich hatten sie ihn dazu überredet, ohne sich über ihr zukünftiges Zusammenleben mit ihm Illusionen zu machen.

So dachten im Grunde alle, die aus der ganzen Welt zur Firma Duratec in Berlin kamen: Manager von börsennotierten Unternehmen, Finanztycoone, Verbandsfunktionäre, Politiker, Fußballer, Filmstars. Die Forbes-Liste der Milliardäre bildete schon eine gute Auswahl potenzieller Anwärter, denn die Behandlung nach der DURA-Technik war teuer, sehr teuer. Wie teuer genau, darüber schwieg sich die Firma aus, wie sie überhaupt das Licht der Öffentlichkeit gern vermied. Nicht, weil ihre Tätigkeit zwielichtig wäre, sondern weil man synchron mit der politischen Nomenklatura den Standpunkt vertrat, die Zeit für eine massenhafte Anwendung sei noch nicht reif. Basta. Immerhin, noch fiel niemand durch sein exorbitant langes Leben auf, dazu war der Vorlauf zu kurz.

Heute hielt sich der Auflauf an örtlicher Prominenz angesichts der schlechten Ethikwerte des Potentaten in Grenzen: Mit ihm betraten nur der Geschäftsführer der DURATEC, Prof. Dr. Renemult, den Raum, dann Kretschmann, der Leiter der Außenhandelsabteilung der Berliner Industrie- und Handelskammer, ein namenloser Beamter des Entwicklungshilfe-Ministeriums und ein ebenfalls kaum bekannter Geschäftsmann, der wohl über Handelskontakte nach Swasiland verfügte. So blieb die dritte Stuhlreihe leer.

Das Empfangszeremoniell kam in Gang und entwickelte sich ähnlich wie am vorgestrigen Tag – da war ein CEO eines weltweit operierenden IT-Unternehmens aufgeschlagen –, und dies wiederum glich fast haargenau denjenigen der vergangenen Woche – kurzum, es war immer dasselbe. Renemult hielt die Begrüßungsrede, indem er die Genmedizin und besonders die Leistungen des IZN und der DURATEC hervorhob; Mswati der Fünfte pries die guten Geschäftsbeziehungen zwischen Swasiland und der neugegründeten EU, und eine seiner Lieblingsfrauen knickte gieksend mit ihrem Stöckelschuh um und vergoss den Sekt, der inzwischen ausgeschenkt worden war.

Käfer versuchte krampfhaft, ein Gähnen zu unterdrücken, und ließ seine halb geschlossenen Augen zu Dr. Mejul Sirlana schweifen, der Leiterin der Diagnostik-Abteilung, auch dies wie jedes Mal. Heute trug sie ein weinrotes Kostüm, das wunderbar, wie Käfer fand, zu ihrem schwarz glänzenden Haar passte. Zu seinem Leidwesen war sie mit Lasis liiert, dem Leiter der Pharmazie, ein ziemlicher Finsterling in Käfers Augen. Sirlana würde Mswati als Erste in die Finger kriegen, das heißt, einer ihrer Mitarbeiter, denn Mswati hatte sich schon bei den Vorgesprächen geweigert, von einer Frau untersucht zu werden. Bei dieser Erstanamnese würde es um die körperliche Verfassung des Klienten – es hieß offiziell nicht „Patienten“, denn die Besucher waren ja nicht krank – gehen, insbesondere um seine Neigung zu bösartigen Tumoren.

Nicht nur diese mögliche Nebenwirkung der DURA-Technik, sondern ein ganz anderer Umstand bewirkte, dass die Belegschaften von DURATEC und IZN einen Tick weniger schläfrig waren als sonst: Mswati würde der Erste sein, an dem die neue Version des Verfahrens durchgeführt werden sollte, die Version DT-3.4, bei der darauf verzichtet werden konnte, den Klienten zunächst einige Tage stationär und dann noch ein paar Wochen ambulant zu behandeln. DT-3.4 kam -- bis auf die Erstbehandlung – vollständig mit Eigenmedikation des Klienten aus, die darin bestand, dem täglichen bunten Pillencocktail noch ein weiteres blaues Exemplar hinzuzufügen.

2.

Nachdem König Mswati der Fünfte von Swasiland samt Lieblingsfrauen aus dem Empfangssaal hinausgeleitet worden war, um zurück in das Nobelhotel Adlon verfrachtet zu werden, verliefen sich die Belegschaften langsam wieder in ihre Flure und Arbeitsräume. Käfer richtete seine Schritte so ein, dass er wie zufällig neben Sirlana zu laufen kam. Er nahm seinen ganzen Charme zusammen, eine durchaus überschaubare Aktion, und sprach sie von der Seite an.

„Hallo, Mejul. Hast du noch ein bisschen Zeit?"

Sirlana schien aus tiefen Gedanken gerissen. Sie wandte ihm träumerisch ihre dunklen Augen zu, und Käfer schmolz dahin.

„Hei, Bernd. Was gibt's?"

„Ich habe den Text für die Pressemitteilung fertig. Ich dachte, du könntest vielleicht mal kurz drüberfliegen?"

„Hmm ... ich muss mich eigentlich auf unseren König vorbereiten. Er kommt ja zuerst zu uns in die Diagnostik."

„Ach ... morgen schon?"

„Nein, übermorgen. Morgen will er noch die Automesse besuchen."

„Na komm schon. Dann drängt es ja nicht so."

Sie verabredeten sich in der Cafeteria neben der Dachterrasse. Käfer nahm einen Umweg über sein Büro, um den Zettel zu holen, während Sirlana den direkten Weg zum Fahrstuhl einschlug.

Die Cafeteria war fast vollständig besetzt. Die Kollegen hatten ebenso wie Käfer das Bedürfnis verspürt, sich von den Strapazen völliger Untätigkeit während des Empfangs zu erholen, und nach dessen Ende den Pavillon auf dem Dach massenhaft gestürmt. Käfer ließ seine Augen schweifen, doch Sirlana war nirgends zu sehen. Erst als er die offene Dachterrasse betrat, sah er sie an einem kleinen Tisch am Geländer sitzen und in die Ferne blinzeln.

Die nähere Aussicht war für Berliner Verhältnisse nicht besonders spektakulär – die üblichen Betonklötze, manche höher als das eigene Gebäude, alle mehr oder weniger futuristisch, mehr oder weniger mit alternativer Energietechnik ausgestattet, mehr oder weniger von Unternehmen und Instituten der Biotechnologie- und Gentechnikbranche belegt. DURATEC und IZN lagen inmitten des neuen Technologieparks BIOBIG, von den Berlinern liebevoll „Monsterfelde“ genannt, der sich auf dem Gelände des ehemaligen Flughafens Tegel breit gemacht hatte. Jener war auf zwei kurze Start- und Landebahnen samt winzigem Terminal reduziert und ausschließlich für Privatjets vorbehalten worden. Hier war auch Mswati gelandet.

Käfer sah, dass sie sich noch nichts geholt hatte. „Was kann ich dir mitbringen?“, fragte er und legte den Entwurf der Pressemitteilung auf den Tisch.

„Einen Crimsato vielleicht?“

Sie nickte, Käfer verschwand und kehrte nach einer geraumen Weile mit Latte Macchiato und Cafe Crimsato zurück.

Er setzte sich und versuchte, mit der Wucht ihrer Ausstrahlung, die sie auf ihn ausübte, zurechtzukommen. Er folgte ihrem Blick auf die startenden und landenden Maschinen, die sich regelmäßig in den Lücken zwischen den Betonklötzen zeigten.

„Da kommen vielleicht schon unsere nächsten Kunden“, bemerkte er so gelassen wie möglich, während er die schöne Schichtung seines Getränkes mit dem langen Löffel zerwirbelte.

„Gönnerwein“, sagte sie. „Central Executive Officer von TAUCETICS.“

„Hört sich irgendwie nach TAUGENICHTS an, finde ich.“

„TAUCETICS – Weltraumtourismus. Ich bezweifle allerdings, dass das Unternehmen jemals zur Tau Ceti fliegen wird. Der Stern ist zwölf Lichtjahre entfernt, glaube ich. Aber man soll sich ja hohe Ziele setzen, um wenigstens kleine Fortschritte zu erreichen.“

„So wie wir?“

Sie nahm vielsagend-schweigsam einen Schluck von ihrem blutroten Kaffee.

„Wir haben doch einen feinen Job“, sagte sie schließlich.

„Unwidersprochen“, sagte Käfer. „Bis auf die unsäglichen Empfänge. Ich kann schon bald im Stehen schlafen.“

„Hast schon ein dickes Fell, das dich senkrecht hält. Aber tröste dich, mir geht's nicht anders.“

Käfer überlegte angespannt – wie immer war er nervös in ihrer Nähe –, ob sich aus ihrer Feststellung vielleicht eine leicht anzügliche Bemerkung machen ließe, wie „das mit deinem dicken Fell würde ich gerne mal auf den Prüfstand stellen“ oder ähnlich. Aber dann ließ er es doch lieber bleiben.

„Die Jungs würden auch ohne dieses ganze Brimborium kommen, das sag' ich dir“, fuhr sie fort. „Lebensverlängerung ist kein Spaß. Das ist nackter Ernst. Dafür würden die sogar hemmunglos töten.“

Käfer nickte nachdenklich. „Ist schon besser, dass die Presse die Sache auf kleiner Flamme kocht. Wenn die Massen erst merken, worum es geht – na ich dank' schön, dann ist der Teufel los.“

Sirlana erhob während seiner Worte ihre Tasse, auf die das Getränk zwei rote Tropfspuren gezeichnet hatte, etwas höher als normal, als würde sie jemandem zuprosten. Ares, dem altgriechischen Gott des Krieges vielleicht. Oder Karl Marx. „Aber Du hast doch gerade eine Presseerklärung verfasst“, sagte sie. „Darin beschreibst du doch genau, worum es geht!“

„Tja, die Presseabteilung hat es so angefordert. Und ich habe es so formuliert, wie ich es als Wisschenschaftler sehe und wie es sachlich richtig ist. Die machen schon was draus. Ich wette, wenn sie die Erklärung herausgeben, ist nichts mehr vom ursprünglichen Sinn übrig. Weder von Lebensverlängerung noch von Gentechnik. Alle werden es für Werbung für ein neues Katzenfertigfutter halten.“

Sie lachte ihr strahlendes Lachen, und seine ganze Anspannung machte einem Gefühl der Gelassenheit Platz, einer Empfindung, die er von seinen selbst gehaltenen Vorträgen kannte, wenn er die ersten Worte gefunden hatte. Es war das „Es-läuft-jetzt-wie-es-läuft-Gefühl“ mit Aussicht auf ein befriedigendes Ende.

„Also ich finde die Erklärung gut“, sagte sie, indem sie das Blatt noch einmal zur Hand nahm. „Nur die Formulierung mit den drei Basen finde ich sehr verwirrend, zumindest für Genetiker. Jeder weiß, dass die DNS von vier Basen gebildet wird: A,G,T,C. Aber du meinst die drei Hauptfelder der Duratechnik: Zellteilung kontinuieren, Zellreparatur intensivieren und dabei Krebs verhindern. Ich würde das eher als „Grundlagen“ oder „Säulen“ bezeichnen. Ja, die drei Säulen der DURA-Technik!“

„Und demnächst kommt noch mein neues Arbeitsfeld dazu: Verjüngung. Aber das ist noch nicht spruchreif.“

Ein Schatten tauchte über ihnen auf und fragte: „Darf ich mich zu euch setzen?“ Beide hatten Lasis nicht kommen sehen. Er beugte sich über Sirlana und gab ihr einen Begrüßungskuss, der etwas heftiger ausfiel als Käfer, der spontan zur Seite blickte, ertragen wollte.

Lasis war groß und schlank, eher hager, und hatte ausgeprägte Augenwülste, die überhaupt nicht zu seiner kurzen, schiefen Nase passten. Er hätte, fand Käfer, mit seinem langen antrazitfarbenen Mantel eine hervorragende Besetzung in einem Dracula-Film abgegeben. Vermutlich war es sein dynamisches, zupackendes Verhalten, das die Frauen zu ihm hinzog – und das in der Vergangenheit nicht allzu selten, wie Käfer sich erinnerte.

Sirlana wusste nichts von seinen Frauengeschichten, sie war erst seit wenigen Wochen in der Firma. Vielleicht wollte sie auch nichts davon wissen. Es war Käfer zeitlebens unerklärlich gewesen, warum schöne, interessante Frauen sich einem so evidenten Unhold wie Lasis an die Brust warfen. Sicher, er, Käfer, sah eher durchschnittlich aus, mittelgroß, leicht mopsig und etwas introvertiert, für einen Wissenschaftler nichts Ungewöhnliches – guter Standard eben. Zugegeben: Sein Name war mehr als schlicht. Man stelle sich vor: Mejul Käfer! Aber trotzdem: deswegen überhaupt nicht attraktiv?

Lasis zog krachend einen Stuhl heran und setzte sich. Zu Sirlana gewandt sagte er: „Ich habe gehört, unser Freund aus Afrika will sich nicht von Dir untersuchen lassen? Ein grober Fehler, würde ich sagen!" Dieses Dr.-Mabuse-Gesicht konnte tatsächlich lächeln, sogar ganz charmant, und Sirlana ging darauf ein.

Käfer nagte immer noch daran, dass Lasis ihn bisher keines Blickes gewürdigt hatte, und sagte etwas zu laut: „Schönen Tag, lieber Kollege!", was Lasis jedoch nur zu einem desinteressierten Lidzucken inspirierte.

„Ich hätte jedenfalls nichts dagegen, wenn eine seiner Lieblingsfrauen … vorausgesetzt, sie hätte den Doktortitel und wäre ausgewiesene Expertin für … für …"

„Digitale Erogenistik?", half Käfer.

„Wow! Herr Kollege! Ich wusste gar nicht, was für interessante Spezialgebiete der Genetik es doch gibt! Und dass du dich damit auskennst!"

„Vielleicht ist er eines dieser berühmten stillen Wasser?", mutmaßte Sirlana. „Aber warum sollte dich eine der Lieblingsfrauen untersuchen? Du hast doch schon alles hinter dir."

Das stimmte. Lasis war, wie alle Angestellten von DURATEC und die meisten vom IZN, bereits duriert. Zur Bekräftigung ihrer Worte deutete sie auf ihr linkes Schulterblatt, wo der Transponder eingepflanzt war. Der „Statray", der per Funkaufruf Daten über den individuellen Gesundheitszustand an die DURATEC meldete.

In diesem Moment klingelte Lasis' Handy. Der Anruf setzte seinen Aktivismus in Gang (der ist bestimmt auch noch hyperaktiv, dachte Käfer, und das auch noch schlecht, aber auch ganz schlecht medikamentös eingestellt!). Er sprang auf, sprach überfröhlich auf seinen Gesprächspartner ein und lief dabei gestikulierend quer durch die sitzende Menge zur anderen Seite des Dachgartens. Als er zurückkam, verabschiedete er sich knapp, nicht ohne Sirlana – Käfer wandte den Kopf zur Seite – zu küssen, und faselte etwas von einer dringenden Verabredung. Weg war er.

Käfer griff an die Stelle am Schulterblatt, die er mit der Hand gerade noch erreichen konnte – wo auch sein Chip versenkt war.

3.

Das „Biotopp!" war ein kleines Bistro in „Monsterfelde", nur ein paar Straßen entfernt von der DURATEC. Jetzt am späten Nachmittag war es kaum besetzt. Lasis saß allein am runden Tisch im hinteren Teil des Raumes, von wo aus er den Eingangsbereich gut im Blick hatte. Vor ihm stand eine Berliner Weiße in der grünen Ausführung; in der Hand hielt er seinen Tablet-PC, auf dem er die neueste Ausgabe des Tagesspiegels aufgerufen hatte.

Wie so oft ärgerte er sich über das Gerät: Heute hakten die Grafiken, genauer gesagt: Der 3D-Modus kam nicht in Gang. In zweidimensionaler Darstellung erschienen ihm die Bilder irgendwie zu platt, ohne Bezug zum Betrachter – als seien sie Kryptografien aus einem früheren Jahrhundert. Wieder einmal stellte er sich die Fragen, die beim Umgang mit Computern in schöner Regelmäßigkeit aufkamen: Liegt es am Gerät? Liegt es am Programm? An der Übertragung? Oder an der Quelle, in diesem Fall also der Zeitung? Würde es morgen vielleicht wieder funktionieren, als wäre nichts gewesen? Er fuhr das Gerät herunter, dann wieder hoch, lud den Tagesspiegel, heutige Ausgabe: keine Änderung. Frustriert stellte er das Tablet aus und steckte es in seine Mappe.

Es war wirklich nicht viel Betrieb im Biotopp!, gemessen daran, dass um diese Zeit die Arbeitszeit der Betriebe endete und viele Beschäftigte, hauptsächlich männlichen Geschlechts, schnell noch einen Schluck nahmen, um sich gegen die bevorstehende häusliche Gemütlichkeit zu wappnen. Aber nicht so in Monsterfelde. Hier arbeiteten hauptsächlich Wissenschaftler, die zwar immer und ständig im Stress waren – und sei es nur deswegen, weil sie ungeduldig auf die Ergebnisse ihrer Experimente warteten –, die sich aber oder gerade deswegen ungern in ein zeitliches Korsett pressen lassen wollten. Sie wählten ihre Arbeitszeiten ziemlich variabel; manche arbeiteten sogar vorzugsweise nachts.

Lasis sah immer wieder zur Türe. Ab und zu wechselten die Gäste; es kamen hauptsächlich jüngere, beruflich aufstrebende Erwachsene; manche holten sich nur ein belegtes Baguette oder ähnliches Fastfood. Seine Berliner Weiße war zu Ende; sollte er sich noch ein Glas bestellen? Er dachte an die Situation auf dem Dach des Firmengebäudes. Mejul mit diesem blassen Typen, Bernd Käfer, dem Leiter der „Abteilung für Grundlagenforschung und Langzeitüberwachung“. Dieser Kerl, er war so blass und nichtssagend wie seine Arbeit. Er sollte ihn nicht einmal ignorieren. Und doch! Irgendwie schien sie etwas an ihm zu finden. Sein eigener Status war ja auch nicht gerade eben prickelnd. Abteilungsleiter der pharmazeutischen Abteilung. Also die Hausapotheke der Firma. Man hätte ihn auch Pillendreher nennen können. Nicht gerade ein herausragendes Sprungbrett für eine Karriere. Die anderen konnten sich wenigstens in der Fachliteratur produzieren, aber er? Was hatte ihn nur geritten, Pharmazie zu studieren?

Die Tür ging auf, herein kam ein Gesicht, das er kannte. Der andere erkannte ihn auch. Es war Jeff Schröder, mit dem er hier verabredet war, ein kräftiger, rötlicher Typ Marke Öko-Yuppie. Sie hatten sich auf einem Fortbildungsseminar für Laborelektronik kennengelernt und ein Mittagessen lang angeregt unterhalten. Über dies und jenes, hauptsächlich über den gerade gehörten Vortrag zur Instant-Sequenzierung von DNS. Die neue Technik, so der Referent, benötigte für die komplette Sequenzierung einer DNS-Probe gerade mal zehn Minuten und lag damit schon fast auf der Ebene einer simplen Fotokopie. Zudem könne sie von einfach geschultem Personal angewandt werden. Ein Durchbruch für Kriminologie, Medizin und Versicherungswesen sowie „zahlreiche weitere Anwendungsgebiete, die wir heute noch nicht kennen". Das bot reichlich Stoff für Spekulationen.

„Irrsinn", hatte Lasis gesagt. „Jetzt werden die Krankenversicherungen grundsätzlich einen Gentest vor Vertragsabschluss verlangen."

„Möglicherweise befristen sie die Verträge und verlangen den Test immer wieder neu", hatte Schröder den Gedanken fortgesponnen.

„Wahrscheinlich. Irgendwann sagt einer, es wäre eine ungeheuere Kostenersparnis, wenn die Genomsequenzen aller Bürger zentral gespeichert würden."

„Würde dich das wundern? Aber ich sag' dir was: Man sollte sehen, wie man mit diesem Strom mitschwimmen kann."

„Da schwimmt schon ziemlich viel Unflat, würde ich sagen, mit dem Strom ..."

„... wie man sich die Entwicklung zu Nutze machen kann", präzisierte Schröder. „Es wird jetzt doch einen ungeheueren Bedarf an Dienstleistungen geben. Schon allein die Erhebung und Verwaltung der Daten ... und es kann fast jeder."

Bei Lasis, der schon seit jeher Schwierigkeiten mit seiner Fantasie hatte, fing der Gedanke dennoch allmählich an, Wurzeln zu schlagen. „Sicher ... das wäre vielleicht eine Chance ... der frühe Vogel frisst den Wurm!"

„Vielleicht können wir die Sache später fortführen", hatte Schröder gesagt, als der nächste Vortrag begann.

War dies nun der Zeitpunkt? Lasis musste zugeben, dass er

sich in der Zwischenzeit kaum Gedanken zum Thema gemacht hatte, aber immer noch von der Vorstellung fasziniert war. Ein eigenes Unternehmen! Am Anfang vielleicht klein, mit zwei, drei Angestellten, aber ... bei diesen raschen Fortschritten der Technik – welche Möglichkeiten! Man durfte nur nicht stehenbleiben, musste ständig alle Fühler ausgestreckt halten ... Er war zwar nur „Pillendreher", aber gerade weil er keine Fantasie hatte, traute er es sich durchaus zu.

Als Schröder sich setzte, kam er Lasis verändert vor. Die Unbekümmertheit, die er damals beim mittäglichen Gespräch ausgestrahlt hatte, schien aus seinem Gesicht gewichen, und seine Bewegungen kamen ihm kontrolliert, um nicht zu sagen, angespannt vor. Nun ja, ein wenig Fremdheit ist normal, dachte Lasis, das ist immer so, wenn man eine Zufallsbekanntschaft nach mehreren Wochen auf halbwegs privater Ebene fortsetzen will. Man muss erst einmal wieder den Faden finden.

Doch das Gespräch bewegte sich länger als erwartet im Allgemeinen: Wetter, Firma, die Hauptstadt Berlin und so weiter. Nach einer Stunde stellte Lasis fest, dass er von Schröder wesentlich weniger erfahren hatte als dieser von ihm. Von Schröder wusste er nur: Er war Single und hatte eine Dozentenstelle für Informatik der Fachrichtung Laboranalytik an der Technischen Universität Cottbus.

Erst als die dritte grüne Weiße und der zweite Cappuccino auf dem Tisch standen, wurde er gesprächig und berichtete von einer spektakulären Neuentwicklung des Instituts für Physik und Chemie an der BTU Cottbus, nämlich einem Elektronenmikroskop mit holografischer Bildausgabe. Er selbst habe einem Experiment beigewohnt, bei dem ein Süßwasserpolyp – in Natura drei Millimeter groß – über dem Labortisch schwebend einen Wasserfloh gefressen habe. Natürlich nur als Projektion des Gerätes. Der Wasserfloh sei groß wie ein Fußball gewesen, der Polyp entsprechend. Beide vollkommen durchsichtig, wie Geister oder Quallen. Man habe deutlich sehen können, wie das Herz des verschlungenen Krebstierchens im Bauch des Polypen noch gezuckt habe. „Das war fantastisch! Das geht an die Nieren, sag ich dir! Das könnte fast den sonntäglichen Tatort im Fernsehen ersetzen!“

„Und du meintest letztens, bei diesen Entwicklungen sollte man mitmischen“, kam Lasis endlich auf sein Thema zu sprechen.

„Na sicher! Die Märkte schreien doch geradezu nach neuen Angeboten. Gerade du als Pharmazeut kennst dich doch mit all diesem Plunder aus, den sie für ihre Biotechnologie brauchen. Und ich kann Programme zur Steuerung von Laborgeräten schreiben. Das ist doch eine gute Grundlage!“

Lasis sah ihn mit seinen großen Augen unter den breiten Augenwülsten an. Der Enthusiasmus des Fremden, der so tat, als sei er sein dicker Schulfreund, erschreckte ihn fast. Er nippte am Strohhalm seiner Weiße. „Du meinst, wir könnten zusammen ...“

„Ja, warum denn nicht? Das ist doch eine ideale Kombination, Pharmazie und Informatik. Und nicht so häufig, es gibt ja kaum Pharmazeuten. Und die, die es gibt, interessieren sich nicht für Technik.“

„Hmmm ...“ Lasis hätte nicht gedacht, dass die Erfüllung seiner gerade erst aufkeimenden Wünsche so schnell Formen annehmen würde.

„Aber man braucht Geld“, wandte er ein. „Startkapital. Fördermittel, Kredite. Ich kenne das von Freunden. Man muss sich bis aufs Hemd ausziehen, wenn man was geschenkt haben will. Und dann ist man immer verpflichtet.“

„Genau! Der Staat, die Banken – die geben nichts umsonst. Die einen wollen Ergebnisse sehen, mit denen sie sich dann selbst brüsten, die anderen wollen ihr Geld zurück, schneller als du denkst. Aber zunächst dauert alles endlos, Monate, Jahre. Ich habe schon Pferde vor der Apotheke ...“

„... kotzen sehen. Keine Angst wegen der Apotheke. Es war nicht meine.“

„'tschuldigung, ist mir so rausgerutscht."

„Aber was dann?", fragte Lasis.

„Wie, was dann?"

„Woher kriegen wir dann unser Startkapital?"

Schröder verzog den Mund zu einem Grinsen und sah durch Lasis hindurch in die Ferne. „Ich glaube, ich hätte da schon eine Idee."

4.

„Nein, doch nicht hier!" Sirlana, auf seinem Schoß sitzend, schob Lasis auf eine Art von sich weg, dass er es kaum ernst nehmen konnte, und knöpfte die Bluse wieder zu.

Er sandte ihr seinen frustriertesten Blick zu, der wegen seiner speziellen Physiognomie so furchterregend wirkte, dass er jede andere Person in die Flucht geschlagen hätte. Aber sie war das wohl schon gewohnt, und es war sonst niemand in Sirlanas Büro, den man hätte vertreiben können.

„Wollen wir uns heute abend sehen?", fragte sie.

„Was für eine Frage! Es gibt da allerdings ein kleines Problem – ich bin schon verabredet."

„Ach! Deswegen wolltest du es schnell hier erledigen!"

„Blödsinn. Ich treffe mich mit einem Bekannten."

„So wichtig?"

„Ja, so wichtig. Ich habe ihn heute schon einmal getroffen. Er sagt, er habe eventuell ein interessantes Angebot für mich."

„Wie: Angebot? Einen neuen Job? Du willst doch nicht etwa woanders hingehen?"

„Nein, natürlich nicht! Dass du gleich so misstrauisch wirst! Es gibt doch viele Möglichkeiten, an seiner Karriere zu basteln. Vielleicht halte ich ja einfach einen Vortrag? Oder schreibe einen Artikel?"

Sirlana rutschte von seinem Schoß und ging zu ihrem Schreibtisch. „Das stimmt natürlich. Aber wozu brauchst du dazu jemand anderen? Den geheimnisvollen Mann im Dunkeln?“

„Er ist nicht geheimnisvoll. Und ich sagte ja nur: vielleicht.“

In diesem Moment öffnete jemand die Türe, ohne anzuklopfen. Es war Käfer, der beim Anblick von Lasis merklich zurückfederte. Sirlana strich noch einmal rasch über ihre Bluse.

„Ist es schon zu dir durchgedrungen? DT 3.4 ist online! Das Upgrade wurde genehmigt!“ Diesmal war er es, der Lasis ignorierte.

„Das ist ja toll!“, sprudelte es aus ihr hervor, und auch Lasis rang sich zu einem Lächeln durch. „Woher weißt du?“

„Ich war gerade bei Renemult; er hat es mir erzählt. Das Verfahren ist jetzt offiziell zugelassen. Seine Sekretärin werkelt grade an einer Rundmail. Vielleicht ist sie schon da.“

Sirlana rief ihren PC aus seinem Tiefschlaf, und siehe da: Die Mail war eine von sieben neuen Nachrichten.

„Also dann kommt unser Freund aus Afrika definitiv in den Genuss des neuen Verfahrens“, bemerkte Lasis.

„Genau. Er wird nur vier Tage stationär behandelt und kann dann wieder nach Swasiland abdüsen. Den Rest können die Ärzte dort erledigen.“

„Es entfallen die regelmäßigen Kontrollbesuche in Berlin“, ergänzte Käfer.

„Da gibt es doch einen feierlichen Umtrunk?“, fragte Lasis.

„Ja, morgen, habe ich gehört.“ Käfer hatte überhaupt nichts gegen Empfänge, wenn sie der Belegschaft galten.

Als der Leiter der Grundsatzforschung gegangen war, kam Sirlana noch einmal auf das vorige Thema zurück: „Wir waren stehen geblieben beim geheimnisvollen Mann im Dunkeln. Der dir das tolle Angebot machen will.“

„Genau. Er ist nicht geheimnisvoll, wie gesagt. Er will mir irgendwie eine freiberufliche Nebentätigkeit besorgen. So etwas in der Art."

„Das heißt – dann haben wir ja gar keine Zeit mehr füreinander."

Er schüttelte unwirsch den Kopf. „Komm doch einfach mit, dann hast du die volle Information. Ich habe keine Geheimnisse vor dir."

„Geht nicht – ich habe auch eine Verabredung."

„Ach nee! Mit wem?"

„Mit meiner Familie. Sie werden einfach unruhig, wenn sie mich eine Woche lang nicht gesehen haben."

„Ach ja, das schwache, hilflose Mädchen. Ich verstehe schon."

„Kannst dich ja mal bei meinem Vater vorstellen. Er wartet schon darauf."

„Hast du ihm von mir erzählt?"

„Nur die guten Sachen."

„Also nichts."

„Fast."

5.

Rainer Lasis fragte sich, warum sie sich den Stadtteil Prenzlauer Berg ausgesucht hatten, um etwas vom Szene-Flair mitzukriegen, wenn sie sich dann doch in einem argentinischen Steakhouse verabredet hatten. Die Einrichtung hatte nichts Besonderes, und das Argentinische war nur an der Weinkarte zu erkennen. Dennoch war das Lokal recht gut besucht; Lasis hatte den Eindruck, dass es sich hauptsächlich um Ortsfremde handelte, die vielleicht auch die Prenzelberger Atmosphäre genießen wollten, dann aber doch das Altbekannte vorgezogen hatten. Hierhin, da war er sich sicher, würde sich keiner seiner Kollegen verirren. Er saß wieder alleine da, sein unberührtes Glas Cabernet Sauvignon vor sich.

Plötzlich kam ein Mann mittleren Alters mit nach hinten gekämmten Haaren auf ihn zu. Lasis hatte ihn nicht hereinkommen sehen.

„Dr. Lasis?“

„Der bin ich. Ich, äh ... worum geht es?“

„Mein Name ist Matyas Karlik. Darf ich mich setzen?“

„Ich warte eigentlich schon auf jemand anderen.“

„Auf Dr. Schröder, nehme ich an. Dr. Schröder wurde aufgehalten. Er kommt später dazu.“

Und flugs hatte der Fremde seine Jacke über die Stuhllehne gehängt und gegenüber Lasis Platz genommen. Aus freundlichen blauen Augen in seinem runden Gesicht lächelte er Lasis an.

„Schönes Lokal hier“, bemerkte er mit seinem unverkennbar tschechischen Akzent.

„Sehr schön. Und so avantgardistisch“, pflichtete Lasis sarkastisch bei.

Karlik musterte sein Gegenüber und griff zur Speisekarte. „Die Küche ist ganz passabel“, stellte er nach kurzem Studium fest.

Lasis blätterte ebenfalls im Menue, das neben Steaks noch über fünfzig andere Hauptgerichte im Angebot hatte. Alles Automatenkost, dachte er und fragte sich, ob in der „Küche“ überhaupt noch ein einziger Mensch stand, um die Maschinen zu bedienen.

„Ja, nicht übel“, murmelte er. „Ich glaube, ich nehme ein kleines Pfeffersteak.“

Lasis war nicht ganz wohl bei der ganzen Angelegenheit, und das lag nicht am Steak, von dem er die Hälfte hatte liegen lassen. Der Mann kannte das Lokal offenbar, und er hatte einen für einen Tschechen doch sehr schlichten Geschmack. Er wollte etwas von ihm, so viel war klar.

„Kommen wir zur Sache, Rainer. Ich darf dich doch Rainer nennen? Ich heiße Matyas. Mit Ypsilon. Matyas.“ Er hob sein Glas und stieß mit Lasis an. „Du brauchst Geld? Wie viel?“

Lasis war baff.

„He, das ist doch kein Problem. Schröder hat mir erzählt. Ihr habt Projekt zusammen? Na wunderbar!“ Er hob sein Glas ein weiteres Mal und trank es aus. Die Bedienung sah es und nickte.

Karlik beugte sich vor, sah Lasis beschwörend an und senkte seine Stimme. „Das ist doch wunderbar, Rainer. Du hast Projekt, ich habe Geld. Wie viel?“

Ja Kruzitürken, seit wann war Geld kein Problem? Egal, wie viel man davon hatte, es war immer knapp. Und verschenken würde es sowieso niemand.

„Geld ist immer wunderbar“, sagte er. „Gib mir einen Euro, und lass es gut sein.“

Der Tscheche schüttelte sich vor Lachen. „Ein Euro! Das ist gut! Das ist sehr gut, haha.“

Wieder beugte er sich zu ihm und flüsterte: „Eine Million? Zwei Millionen? Sag’ mir einfach, wie viel du brauchst.“

Heilige Madonna, langsam kam Lasis innerlich ins Wanken. Das würde helfen, keine Frage. Was immer das für ein Projekt sein sollte, das er angeblich hatte.

„Ich habe noch keinen Finanzierungsplan. Ich kann dir das nicht so genau sagen.“

„Na, dann sagen wir, zwei Millionen reichen. Ist das gut, Rainer?“

Die Bedienung kam mit zwei neuen Gläsern Rotwein. Karlik ergriff seins und raunte: „Na, Rainer, was ist? Stoßen wir auf die zwei Millionen an? Komm schon!“

Zögerlich hob Lasis sein Glas und stieß mit Karlik – oder wie immer er heißen mochte – an. Sie schwiegen, und jeder dachte das Seine.

„Natürlich gibt es einige Formalitäten“, ließ sich Karlik vernehmen.

„Aha! Also doch!“

„Nein, kein Problem, kein Problem. Du müsstest nur nach London fliegen und eine Versicherung abschließen. Das ist alles.“

„Eine Versicherung?“

„Na, eine Kredit-Ausfall-Versicherung. Das ist ganz normal. Das ist üblich bei solchen Geschäften.“

Lasis, der nicht wusste, was bei solchen Geschäften üblich war, hob nachdenklich die Hand vor den Mund. Seine Augen unter den buschigen Augenbrauen funkelten. „Es ist nur ein Kredit?“

Karlik griff nach seinem Arm. „Nein! Kein Kredit! Du kannst das Geld behalten! Aber nach außen hin ... ein Kredit sieht einfach besser aus. Die Bank fragt dich doch, was das für Geld ist, das du auf dein Konto einzahlst. Es muss wie ein Kredit aussehen!“

Lasis fragte sich, ob so eine Summe auf seinem Konto je wie ein Kredit aussehen würde, ohne Zinszahlung, ohne Tilgung. Und das mit der Kreditausfall-Versicherung! Das Ganze stank verdammt nach Geldwäsche. Sein Unternehmen ging pleite, und der werte Herr Karlik oder seine Hintermänner erhielten sauberes Geld aus London. Ja, sie mussten sogar ein Interesse daran haben, dass sein Laden pleite ging.

„Wo bleibt Schröder?“, fragte er.

„Oh, ich glaube, er kommt nicht mehr.“

„Was??“

„Er sagte, wenn er bis halb elf nicht da ist, kommt er nicht mehr.“

Lasis sah auf seine Uhr. Es war kurz vor elf.

Die Bedienung hinter der Theke ließ einen ihrer seltenen Blicke durch den Saal schweifen. Lasis hob die Hand und rief:

„Ich möchte zahlen!“

„Nein, warte!“ Karlik gab der Kellnerin ein Handzeichen, dass es noch nicht so weit sei.

„Kein Kredit! Kein Kredit! Alles zurück! Wir machen es anders! Hör zu!“

Lasis ließ sich überrumpeln.

„Also. Hör zu. Schau, was ich habe.“ Karlik griff in seine Hosentasche und förderte ein Handy zutage.

„Offensichtlich ein Smartfone“, sagte Lasis.

„Richtig. Ein Smartfone. Es sieht ganz normal aus.“

„Kann aber mehr?“

„Richtig. Gut erkannt.“ Er legte es vor Lasis auf den Tisch. Der griff danach und sah es sich genau an. Er fand den An-Knopf und schaltete es ein. Das Handy forderte eine Eingabe, um den Bediener als rechtmäßigen Eigentümer zu identifizieren.

„Drück mit dem Daumen auf die grüne Fläche“, sagte Karlik. Lasis tat es, und das Handy meldete „falsche Eingabe“. Irritiert reichte er es zurück an Karlik. Der tat das Gleiche, und das Gerät war betriebsbereit. „Es reagiert auf deinen Fingerabdruck“, sagte er.

„In diesem Fall wohl mehr auf deinen. Ja gut. Ganz schön. Aber das ist nichts Besonderes, würde ich sagen.“

„Jetzt pass mal auf!“ Karlik beugte sich zu seiner Mappe, holte einen Tablet-PC hervor und legte es auf den Tisch. „Erst einmal prüfen wir den Speicher des Handys. Siehst Du – leer! Jetzt legen wir es neben das Tablet – das bleibt ausgeschaltet. Abstand vielleicht zehn Zentimeter. Und jetzt am Handy – hier ... und ... Moment, Speicherort ... und los!“

In dem räumlichen Display erschien ein grüner Balken, der trübe vor sich hin pulsierte, wobei er stetig an Länge zunahm. Es sah ganz so aus, als würde hier irgendetwas kopiert. Kurz darauf meldete das Gerät „fertig“. Karlik öffnete die Datei, und es erschien ein Text, den Lasis kannte. Er spürte, wie sein Puls hochfuhr, und starrte sein Gegenüber an, als hätte er es mit Frankenstein persönlich zu tun.

„Das ist die Arbeitsanweisung zur DURA-Technik-Erstbehandlung“, stammelte er.

„Ich sagte ja, das Fone ist etwas smarter als andere.“

„Aber woher ...“

„Es ist die Version 3.1. Total veraltet. Die kannst du überall kopieren, ich glaube, sie haben sie aus dem Internet.“

„Und das Quasi-Original befindet sich hier auf dem Tablet?“

„Genau. Das Tablet war aus, und trotzdem hat das Handy die Daten runterkopiert. Durch die Luft. Abgesaugt. Runtergelutscht. Runtergeschnüffelt. Du weißt bestimmt ein besseres Wort.“

Lasis starrte das Gerät an, halb alarmiert, halb fasziniert.

„Werkspionage“, flüsterte er.

„Ich würde es nicht so hart nennen. Sagen wir: Handy versehentlich am Arbeitsplatz liegen gelassen.“

6.

Die Vormittagssonne schien in den Besprechungsraum, in den Direktor Renemult kurzfristig die obere Etage seiner Belegschaft zusammengetrommelt hatte. Der Anlass war nicht genannt worden, aber allen Anwesenden war klar, um was es ging: Die sechs Abteilungen sollten eingestimmt werden auf die neuen Pflichten, die durch die plötzliche Genehmigung von Version DT-3.4 ausgelöst wurden. Dabei ging es mehr um Psychologisches als Technisches: Das Team sollte mental zusammengeschweißt werden, um den Erfolg des ersten Einsatzes zu garantieren.

Fünf der sechs Abteilungsleiter saßen um die große Tischplatte, die aus sechs Einzeltischen zusammengeschoben war. Sirlana hatte ihr Notizheft aufgeschlagen und blickte verträumt zu Käfer herüber, der sich zurückgelehnt hatte und mit geschlossenen Augen an die Decke starrte, als höre er im Geiste ein theatralisches Orchesterwerk. Lasis gab sich den Anstrich der Vielbeschäftigung, indem er einen Aktenstapel durchblätterte. Müller, der für die innere Verwaltung des Betriebes zuständig war und als Einziger keinen akademischen Titel trug, blickte freundlich in alle Richtungen und wurde darin nur noch vom jung-dynamischen Pressesprecher der Firma, Dr. Sahik, übertroffen. Als endlich Renemult eintraf, ins Gespräch vertieft mit Dr. Dr. Kevin Weinberg, dem Leiter der Therapieabteilung, der im Moment wichtigsten Einheit in der ganzen Firma, konnte es losgehen.

Renemult, der die Sitzung leitete, ging wie immer in seiner Rolle als moralischer Oberhirte seiner Firma auf. Freundlich lobte er mit sonorer Baritonstimme die bisherigen Anstrengungen seiner Mitarbeiter, die seiner Meinung nach allerdings noch, wie er es formulierte, „okkulte Steigerungspotenziale" aufwiesen, vergaß dabei nicht seine eigenen Leistungen zu erwähnen, insbesondere seine Erfolge in Hinblick auf das kurze Genehmigungsverfahren für DT-3.4, und gab noch einmal die grundlegenden Direktiven aus: Anwesenheitspflicht für die gesamte Belegschaft innerhalb der kommenden fünf Tage, doppelte Belegung aller benötigten personellen Funktionen und ebenso doppelte Bereitstellung aller erforderlichen Medikamente und Hilfsmittel. Seine Mitarbeiter waren nicht unzufrieden, über so einen Chef zu verfügen: Nach außen hin besaß er hohes Renommee bei wichtigen Entscheidungsträgern, nach Innen hatte er doch eher die Bedeutung eines Vereinsmaskottchens.

Bei der anschließenden Aussprache meldete sich Sahik, der neben der Pressearbeit auch noch für die Klientenakquisition und -nachbetreuung zuständig war, somit auch als Ausputzer für alle Widrigkeiten, die im späteren Verlauf der Therapie auftraten, zu Wort. „Ich möchte den Worten unseres Chefs noch einmal Nachdruck verleihen und inständig vor Nachlässigkeitsfehlern warnen. Herr Mswati hat sich zwar zur absoluten Geheimhaltung verpflichtet, was die Tatsache seiner Duration und sämtliche Einzelheiten des gesamten Behandlungsprozesses umfasst. Wenn aber Fehler passieren, wenn es in deren Folge zu unvorhergesehenen Komplikationen kommen sollte, dann wissen wir alle, was wir von solchen Versprechungen erwarten dürfen. Ich möchte jetzt nicht sexistisch klingen, aber denkt doch einfach an seine drei Lieblingsfrauen. Da hilft es auch wenig, wenn die Plauderei im fernen Swasiland stattfindet."

Seine Worte wurden mit allgemeinem Kopfnicken bedacht, jeder hatte unliebsame Beispiele der Vergangenheit vor Augen. Gerade deswegen hatte man ja mit Feuereifer daran gearbeitet, diese Fehler auszumerzen und die Version DT-3.4 zu entwickeln.

Das Neuartige an der Version 3.4 bestand darin, dass die zugeführten Stoffe wie etwa Hormone und Enzyme, darunter zum Beispiel die entscheidend wichtige Telomerase, durch Stimulierung der Zellkommunikation besser im Körper verteilt wurden. Damit wurde ein Problem gelöst, das in der Vergangenheit immer wieder für Kopfzerbrechen gesorgt hatte: Einzelne Körperteile, die – aus welchem Grund auch immer: wegen „Verkalkung", Verengung oder Verkrümmung der Kapillaren – schlechter auf die Therapie ansprachen als andere, alterten, während der übrige Körper jung blieb. Um es an einem extremen Beispiel zu erläutern: Der Klient hatte Gesicht und Bauch eines Babys, Hände und Füße eines Greises.

DT-3.4 vermied diese Begleiterscheinungen. Das Wissen, wie sie dies tat, unterlag strikter Geheimhaltung. Es schlummerte in den unendlichen Tiefen des firmeneigenen Intranets, in der Genehmigungsbehörde, im Patentamt und in den Köpfen der Mitarbeiter von DURATEC. Insofern brachte die Veranstaltung für die versammelten Leiter fachlich nichts Neues; dennoch empfanden sie den gemeinsamen Ritus der Teamgeist-Beschwörung als wohltuend.

Nach einer Stunde war der Appell zu Ende, und die Belegschaft strebte zurück an die Plätze. Sirlana sah noch kurz zu Lasis hinein.

„Alles okay bei dir? Hast du deinen Medikamentencocktail zusammen? In doppelter Ausführung?"

Lasis sah vom Schreibtisch auf, wo er weiter die Akten von vorhin studiert hatte. „Natürlich, alles klar. In der Anforderungsliste steht ja nichts wirklich Neues. Enzyme, Hormone, Cytokine, Signalproteine und so fort, der ganze Rattenschwanz. Nur andere Mengen und Mischungsverhältnisse." Er lehnte sich zurück in Erwartung ihres Kusses, der jedoch nicht kam.

Sirlanas Blick fiel auf seinen Schreibtisch, wo das Smartfone lag, das Lasis gestern von Karlik erhalten hatte.

„Du hast ein neues Handy?"

„Oh, nichts Besonderes." Ihr entging nicht, wie nervös er plötzlich wurde. „Das alte hakte im 3D-Modus", erklärte er schnell. „Und der Akku wurde auch immer schlechter. Aber dieses Ding ist richtig gut, hier, pass mal auf!" Er hielt das Gerät hoch und machte ein 3D-Foto von ihr, das gleich darauf auf dem Display erschien: Sirlana als kleine bunte Büste in einer räumlichen Miniaturwelt, zu der das Smartfone nur noch ein Fensterrahmen war. Eine kleine Theaterbühne, ein Aquarium.

„Puh", machte Sirlana überwältigt. „Und wenn ich dich anrufe, siehst du mich dann auch so?"

„Das kommt auf die Qualität an, die dein Handy liefert. Ich kann ja nicht mehr empfangen, als du sendest."

„Das testen wir gleich mal praktisch", sagte sie, beugte sich zu ihm herunter und gab ihm endlich den Kuss, der alle Fragen beantwortete.

Am Abend traf Lasis Käfer in der Tiefgarage. „Hast Du meine Bestellung schon fertig?", fragte Käfer.

Lasis schien ertappt. „Die Sachen sind leider noch nicht eingetroffen." Es klang wie eine Ausrede.

„Mann, mach Druck! Sonst kann ich unsere Versuchsreihen abblasen. Wir warten schon seit zwei Wochen!“

„Anderthalb!“

„Mach keine Witze! Du weißt, woran wir arbeiten. Und du siehst, wie schnell unser Wissen abgesaugt wird.“

„Bernd, immer langsam. Was kann ich denn dafür, wenn unser Wissen abgesaugt wird?“

„Das heißt einfach, dass wir schnell sein müssen. Schneller als die Absauger. Kapierst du das denn nicht?“ Käfer war sich nicht sicher, ob seine Gereiztheit wirklich vom Verzug der Lieferung herrührte oder von der ständigen Turtelei zwischen Sirlana und Lasis, die ihm nicht entgangen war.

„Also jetzt stopp mal. Die Sache mit Mswati hat jetzt eindeutig Vorrang. Hast du eigentlich in der Sitzung geschlafen? Mann, ich tue, was ich kann!“

„Das ist es ja, was ich bemängele. Das reicht eben nicht!“ Die Auseinandersetzung hatte jetzt eine Lautstärke erreicht, die ein gutes Urteil der Eignung der Tiefgarage für ein Rockkonzert zuließ.

„Ich will die Sachen in drei Tagen in meinem Flur sehen. Sonst raucht's im Karton!“ Käfer war rot angelaufen, er kochte vor Wut.

„Ich mag dich auch“, sagte Lasis ungerührt und bog in die andere Richtung ab.

7.

Der große Tag der Premiere von DT-3.4 rückte heran und ging vorbei; Mswati hatte die Prozedur offenbar gut überstanden und pflegte auf der Station, in der er mit seinen drei Frauen eine ganze Suite in Anspruch nahm – sozusagen eine neue Variante des „Rooming-In“ –, einen ausgelassenen Genesungsstil.

Die Aufgeregtheit bei der Belegschaft war ebenfalls wieder auf ein normales Maß herabgesunken, obwohl ja schon die nächste Aufnahme – und damit auch wieder einer jener unvermeidlichen Empfänge – ins Haus stand.

Das engere Behandlungsteam um Weinberg traf sich am nächsten Abend in einer nahe gelegenen Kneipe zu einem kleinen Umtrunk, zu dem später auch Sirlana und Lasis hinzustießen. Während sich Sirlana zunächst mit Weinberg in fachliche Diskussionen über mögliche Komplikationen der neuen Behandlung einließ, mit Fortschreiten der allgemeinen Heiterkeit allerdings feststellte, dass sich diese ganz leicht in Alkohol auflösen ließen, saß Lasis wortkarg und finster daneben, als sei er in einem ganz anderen Film.

Er grübelte. Er hatte das Handy, er hatte den Auftrag, er hatte den Plan und er hatte die Aussicht auf nicht weniger als eine Million Euro. Eine Million! Einfach nebenbei! Für eine halbe Stunde Tätigkeit, die man nicht einmal als Arbeit bezeichnen konnte! Gut, eine etwas stressige Tätigkeit, aber was soll's, in der Not frisst der Teufel Fliegen, sagte er sich, wir wollen nicht kleinlich sein. Allerdings, was er nicht hatte – oder noch nicht –, war ein passender Zeitpunkt.

Er hatte das Vorgehen mit Karlik genau abgesprochen. Der Hintergrund des Ganzen war, dass es den Gaunern unmöglich war, die gewünschten Dateien einfach aus dem Intranet des Unternehmens zu hacken, da dieses vom normalen Internet völlig getrennt war. Ein Zugriff wäre nur dann möglich, wenn es eine Brücke zwischen beiden Systemen gäbe – wenn also ein User gleichzeitig in beiden Netzen tätig war. Die Endgeräte des Unternehmens waren aber so eingestellt, dass dies zum sofortigen Herunterfahren des entsprechenden Computers führen würde. Von daher war man darauf angewiesen, das Intranet per Hand anzuzapfen – und zwar mit dem bewussten Handy, das die Daten auch sofort weitersenden konnte.

Es war eigentlich ganz einfach. Computer an, Intranet an,

PIN eingeben, Datei aufrufen – absaugen, senden, fertig. Es musste klappen. Lasis nickte unwillkürlich vor sich hin und grinste.

„Na, kommst du endlich auch in Stimmung?“, fragte Sirlana. „Worüber grübelst du eigentlich die ganze Zeit?“

Lasis fuhr aus seinen Gedanken hoch. „Och, nichts Besonderes. Ich bin bloß etwas sauer. Das ist alles.“

„Auf mich?“

Es nervte Lasis, dass sie die Schuld für seine Launen meist bei sich vermutete. Gleich würde sie beginnen, sich zu rechtfertigen.

„Nein, natürlich nicht! Auf Käfer.“

„Käfer? Wie kann man auf Käfer sauer sein? Der ist doch sooo friedlich.“ Sie hob ihr Glas und stieß es gegen seines.

„Da kennst du ihn aber schlecht. Käfer ist ein Monster, in seinem Inneren. Du solltest dich von ihm fernhalten.“

„Die Schöne und das Biest, hihi.“

Da hatte Lasis eine Idee. Er würde es sofort tun.

„Vielleicht solltest Du lieber ein Taxi nehmen, nachher. In deinem Zustand ...“

„Wieso? Fahren wir nicht zusammen?“, fragte Sirlana überrascht.

„Nein, ich denke, ich gehe jetzt. Nimm’s mir nicht übel, aber ich bin hier einfach fehl am Platze.“

8.

In Monsterfelde wurde nicht an Energie gespart. Die Straßen und Parkplätze waren von hohen Bogenlampen hell erleuchtet, einige Gebäude glühten dank ihres selbstleuchtenden Anstrichs mattfarben in den Nachthimmel. Auch der Asphalt einiger Gehwege war mit einer lichtaktiven Farbe versetzt, was den Passanten, die sich darauf wie auf einem grünlichen Lavastrom fortbewegten, ein unheimliches Aussehen gab. Lasis, der einzige Fußgänger weit und breit, marschierte schnell, das Gebäude der DURATEC, das – bis auf vereinzelte Fenster – dunkel emporragte, war nicht weit vom Lokal entfernt.

Vereinzelte helle Fenster – das war gut, da waren noch einige Kollegen bei der Arbeit, da würde sein Besuch nicht groß auffallen. Mit seinem alten Handy, das entsprechend programmiert war, öffnete er die Haupttür. Der Fahrstuhl war über Nacht abgestellt, also nahm er die Treppe. Er strengte sich an, beim Gehen keine schlurfenden Geräusche zu machen, die aufgrund der Leere der Räumlichkeiten erschreckend laut klangen. Im ganzen Haus brannte eine dämmrige Notbeleuchtung, so auch im Flur des zweiten Obergeschosses, der zu seinem Arbeitsplatz führte. Er klopfte leise an die Türen seiner Abteilung – niemand da. Ein weiterer Druck auf das Handy, das er noch in der Hand hielt, öffnete die Türe zu seinem Büro.

Erneut sah er sich um, was im Grunde völlig überflüssig war, denn wer hatte abends um halb elf Zugang zu seinem Büro? Das wäre schon am Tag nahezu unmöglich gewesen. Er machte die Deckenbeleuchtung an und startete seinen Computer. Dann kam ihm der Gedanke, dass er mit seinem Licht doch lieber keine schlafenden Hunde wecken sollte, die womöglich auf einen Sprung vorbeikommen könnten – Wissenschaftler konnten ausgesprochen nachtaktiv sein, wenn sie die Lust am gedanklichen Austausch packte. Das galt im Übrigen auch für das Wachpersonal. Nein, er brauchte kein Licht. Er knipste stattdessen seine Schreibtischlampe an und knickte ihren Stiel ganz herunter, so dass die Lampe knapp über der Tischplatte zum Halt kam. Oder nein, dachte er, noch besser, das Licht des Monitors reicht völlig aus. Er schaltete die Schreibtischlampe wieder aus.

Das neue Handy ließ sich mit Daumendruck wie geplant aktivieren. Auch der Computer gab nach Eingabe von Lasis' PIN den Weg in das Innerste des Intranets frei. Er musste allerdings eine Weile nach den Dateien suchen. Sie waren reichlich kryptisch bezeichnet, und seine Abteilung war nicht gerade diejenige, die sich häufig mit methodischen Fragen herumschlug. Doch schließlich fand er den Ordner mit der schlichten Bezeichnung DT-3.4. Wahnsinn! Ausgerechnet hier liegen die Daten auf dem Präsentierteller, dachte er. Doch seine Süffisanz verfloss sofort: Zu seinem Entsetzen war dieser Ordner mit einem eigenen Passwort gesichert. Er stöhnte und lehnte sich zurück. Das war wohl das Ende seiner Aktion. Wie sollte er diesen Code knacken? War es vielleicht der Geburtstag von Renemult? So einfach würden sie es einem nicht machen. Und überhaupt: Wann hatte Renemult überhaupt Geburtstag?

Käfer sah in den Nachthimmel. Das DURATEC-Gebäude hüllte sich in Dunkelheit, bis auf drei erleuchtete Fenster im obersten Stockwerk, die zum IZN gehörten. Seine Abteilung lag eins tiefer, direkt neben Lasis' „Apotheke". Käfer wurde von seinen Ideen zur Verjüngung, dem alten Menschheitstraum und nächsten Upgrade der DURA-Technik, umgetrieben und wollte noch einmal die Unterlagen über Hohltiere durchgehen. Von einigen Hohltieren, zum Beispiel Quallen, war bekannt, dass sie wie die Einzeller ewig leben konnten, wenn sie nicht dem sogenannten „Katastrophentod" anheimfielen, das heißt auf Deutsch: gefressen wurden. Doch bei Turritopsis nutricula, einer völlig gewöhnlich aussehenden Qualle, ging diese Fähigkeit noch weiter: Sie konnte sich auch wieder verjüngen. Sie verwandelte sich einfach wieder in ihr Jugendstadium, einen festsitzenden Polypen, und fing ihr Leben von vorne an. Es war schon fast so, als würde ein Schmetterling nicht sterben, sondern auf „Neustart" drücken und sich einfach in eine Raupe zurückverwandeln.

Während Käfer sich dem Gebäude näherte, fiel ihm auf, dass in der „Apotheke" plötzlich ein Licht anging, wahrscheinlich in Lasis' Büro. Na schön, dachte er. Ich werde mich auf dem Flur vorbeischleichen. Oder halt! Noch besser: Ich frage den Kerl nochmal nach meiner Bestellung. Er wird mir ja wohl wenigstens sagen können, was er bisher unternommen hat. Kaum hatte er dies gedacht, wurde das Licht wieder gelöscht, oder besser gesagt, es wurde durch den matten Schein der Schreibtischlampe ersetzt. Käfer blieb stehen und spähte. Zu seinem Erstaunen schwenkte der Lichtschein im Zimmer wild hin und her, um dann fast zu verglimmen und dann ganz auszugehen.

Das war nun einigermaßen merkwürdig. War das da oben überhaupt ein Angehöriger der Firma? War da vielleicht jemand dabei, sich Drogen zu besorgen? Er hatte von mehreren solcher Einbrüche in letzter Zeit gelesen. Auf jeden Fall sollte er den Wachdienst informieren und nicht alleine nach oben gehen. Oder halt! War Lasis vielleicht da oben mit Mejul zusammen? Das würde ihm ähnlich sehen. Das könnte das Lichtspektakel erklären. Es ging ihn zwar nichts an, aber ... Er würde erst einmal selbst nachsehen, bevor er den Wachdienst rief.

Lasis gab unterdessen das siebenundfünfzigste Passwort ein. Er hatte sich alle notiert und mitgezählt. Der Computer war bei keinem ins Grübeln gekommen, und Lasis fragte sich, ob irgendwann eine generelle Sperre des Netzzuganges eintreten würde. Dann hatte er eine Idee: Aus Fantasielosigkeit vergaben viele Kollegen einfach das aktuelle Datum als Passwort. Das könnte er noch probieren. Wann war die Durare-Technik in der letzten Version endgültig fertiggestellt worden? Renemult hatte den Zeitpunkt bei Mswatis Empfang genannt, aber Lasis konnte sich nicht erinnern. Vor zwei Monaten vielleicht. Da fiel sein Blick auf ein Rundschreiben, das auf einem Aktenstapel auf seinem Tisch lag, und er fand das Datum: Es war der 27.2.2047.

Er gab es ein, und der Computer wies es ab.

Es war zum Verzweifeln. Leise fluchend vergrub er seinen Kopf zwischen den Akten unter seinen Händen. Es sollte nicht sein. Es war ja auch nicht in Ordnung, was er da machte. Er starrte auf den Monitor, als könne er das „Access denied" einfach wegdenken. Ein letztes Mal probierte er es und gab die Ziffern nicht mit Punkten, sondern mit Bindestrichen ein. Heureka! Diesmal klappte es. Die Unterlagen über DT-3.4 schwappten in seinen Arbeisspeicher. Die Datei war groß; sie enthielt viele Bilder und Grafiken und war auf achtunddreißig Gigabyte aufgebläht. Nicht zu groß für seinen Arbeitsspeicher, aber vielleicht zu groß für das Smartfone. Aber das würde er gleich sehen.

Er nahm es in die Hand und wog es bedächtig, als könne er so feststellen, dass es noch „leer" war. Dann legte er es ebenso feierlich auf den Rechner, der auf dem Boden stand, und drückte auf „enter". Das 3D-Display flammte auf und zeigte in einem unendlich blauen All einen transparenten Balken, dessen linkes Ende grün zu pulsieren begann. „Migrating Data" prangte darüber. „Kommt, put put, kommt zu Papa ..." Lasis war selig.

Käfer ging den Flur entlang und rang mit sich, ob er tatsächlich Lasis' Bürotüre öffnen sollte. Ihm war doch etwas flau im Magen. Wenn er den Wachschutz brauchen sollte, was sollte er dann tun? Schreien? Sein Handy hervorfummeln und ihn telefonisch anfordern? Vor Lasis' Büro blieb er stehen und lauschte. Was er hörte, kam ihm so vor, als würde jemand „We are the Champions, my Friend" leise vor sich hinsummen. Da fasste er sich ein Herz und drückte den Türgriff ohne Vorwarnung herunter.

Rainer Lasis fuhr herum, als hätte er sich an der Melodie verschluckt. „Ach, du bist es nur", stammelte er.

„Was hast du denn gedacht? Ein Einbrecher?" Käfer tat es mächtig wohl, seinen Kontrahenten so fassungslos vorzufinden, wenn er ihn auch im Dunkeln kaum erkennen konnte. „Keine Angst, das habe ich auch erst gedacht, als ich das Lichtergefunkel von unten gesehen habe. Warum sitzt du denn im Dunkeln? Treibst dunkle Machenschaften, wie?" Grinsend trat zu Lasis heran, der krampfhaft nach einer Erklärung suchte.

„Was machst du denn um diese Zeit hier?“, war das Einzige, das Lasis einfiel.

„Ich? Ja, was machst du hier, das ist doch wohl die Frage. Ich ... äh, wollte dich einfach fragen, was mit meinen Chemikalien ist. Meine Bestellung, du erinnerst dich?“ Dabei beugte er sich etwas herunter, so dass er oberflächlich erkennen konnte, um welche Art von Datei es sich handelte. Reflexartig ließ Lasis das Startmenue aufgehen, das alles andere überdeckte.

„Oh, höchste Geheimhaltungsstufe?“

Er schien tatsächlich alles von der lustigen Seite zu nehmen, erschien es Lasis, und er schöpfte etwas Hoffnung. Er wollte gerne das Handy umdrehen, dessen Balken verräterisch pulsierte, aber Käfers Bein stand unmittelbar davor. Er musste seinen Kollegen beschäftigen, damit er nicht nach unten sah, schoss es ihm durch den Kopf.

„Deine Pharmaka ... ich habe die Sendung im Computer verfolgt. Du hast sie morgen. He – war da nicht ein Geräusch draußen?“ Er stand blitzartig auf und eilte zur Türe.

Käfer hatte nichts gehört und blieb stehen. Er sah ihm nach; dann ließ er seine Augen, die sich inzwischen an die Dunkelheit gewöhnt hatten, über den Schreibtisch schweifen, dessen Lampe so merkwürdig nach unten gezogen war. Das war also das Lichterspiel von vorhin, dachte er. Seltsam ist das schon. Und diese offensichtliche Nervosität kannte er schon gar nicht an ihm ... Ja wenn da schon jemand draußen sein sollte, dann doch höchstwahrscheinlich der Nachtwächter. Komischer Heini!

„He, ist da jemand?“, brüllte Lasis und setzte zu eiligen Schritten nach links, zum Eingang des Flures, an.

Da entdeckte er es. Das Smartfone auf dem Rechner, der transparente Balken schon zur Hälfte von dem grün pulsierenden Finger ausgefüllt. Spontan bückte er sich und nahm es vom Rechner. Sofort erschien die rote Warnmeldung: „MIGRATION DISRUPTED – DEVICE DISCONNECTED“.

Übertragung unterbrochen? Was wurde denn hier übertragen? Er drückte das Startmenü vom Computerbildschirm herunter, und hervor kam eine Datei, die er nur zu gut kannte.

„Scheiße!“, brüllte er. Schlagartig war ihm klar, worum es ging. „Rainer! Was soll das hier! Rainer, bleib stehen!“ Er wandte sich um, rannte auf den Flur und sah gerade noch, wie Lasis die Türe zum Treppenhaus öffnete und verschwand.

„Rainer“, brüllte Käfer so laut er konnte, „das hat doch keinen Zweck!“

9.

Im Besprechungsraum herrschte betretene Ruhe. Selbst Renemult, der seinen Redefluss sonst kaum bremsen konnte, sagte nichts. Er selbst hatte die Krisensitzung für acht Uhr dreißig einberufen, nachdem Käfer ihn noch in der Nacht aus dem Bett geklingelt und Bericht erstattet hatte. Klara Mundt, die Chefsekretärin, war höchstpersönlich durch die Abteilungen gelaufen und hatte deren Leiter zusammengetrommelt; nur Mejul Sirlana hatte sie nicht angetroffen. Niemand wusste, wo sie war. Man vermutete: im Krankenhaus, in das man Lasis nach der Schlägerei mit dem Wachmann eingeliefert hatte.

Nach einer Viertelstunde stieß Renemult einen tiefen Seufzer aus und eröffnete die Sitzung.

Eigentlich war alles klar. Das Corpus Delicti, das Smartfone, war von Käfer sichergestellt worden. Der Täter war eindeutig identifiziert und lag gut bewacht im Justizvollzugskrankenhaus. Es gab zwei Beobachter – Bernd Käfer und den Wachmann –, die den Tathergang eindeutig bezeugen konnten. Die Bedeutung des Geschehenen lag ebenfalls auf der Hand. Unklar war allerdings das Motiv des Täters: War er bedroht worden? Erpresst? Bestochen? Auf diese Fragen hin hatte Lasis, der durchaus vernehmungsfähig war, bisher beharrlich geschwiegen.

Renemult machte aus seiner Enttäuschung über die Verfehlung seines Mitarbeiters kein Hehl. Die übrigen Anwesenden sahen es genauso, waren aber doch verblüfft, wie abrupt und total der Sinneswandel ihres Chefs ausfiel: Hatte er Lasis vor Kurzem noch für seine zuverlässige, um nicht zu sagen: intelligente Logistik gelobt, so stellte er ihn jetzt in ein Licht, als sei er immer schon eine zwielichtige Gestalt gewesen.

Vermutlich, dachte Käfer, sieht er sich selbst jetzt unter Druck, in Erklärungsnot vor der Charité, dem Senat und der ganzen Öffentlichkeit, warum er seinen Laden nicht im Griff habe. Und er bereitete jetzt schon seine Verteidigungslinie vor, die besagte, dass Lasis immer schon ein übles Element war, das im Verein mit heimtückischen, international gesteuerten Machenschaften einfach nicht zu bändigen war. Oder nein, gerade so durfte es nicht rüberkommen, wenn das Vertrauen der potenziellen Klienten in die Firma nicht beschädigt werden sollte. Renemult saß in der Verlautbarungsfalle. Egal, was er sagte, es war falsch. Am besten, dachte Käfer, bleibt er bei der simplen Wahrheit. Er war gespannt, wie es weiterging.

„Folgendes ist von unserer Seite zu klären", fuhr Renemult fort. „Ist das, was möglicherweise an die Hintermänner übermittelt wurde, von Bedeutung? Hierzu brauchen wir den technischen Bericht der Polizei. Vielleicht ist es ja gar nicht so weit gekommen. Zweitens: Wie können wir uns zukünftig vor ähnlichen Angriffen schützen? Vielleicht hilft da nur eines: Die wichtigen Dinge werden ausgedruckt und nur in Papierform im Safe bei Frau Mundt gelagert. Oder wir lagern dort einen externen Speicher. Wenn allerdings die eigene Mannschaft ..." Er sah in die Runde, in seinen Augen funkelte der Generalverdacht. „Leider ist der Fortschritt nicht nur auf der Seite der Guten."

„Also, so wie ich die Anzeige des Smartfones interpretiere", warf Käfer ein, „ist die Kopie der Datei sehr unvollständig erfolgt. Es ist zwar möglich, dass die Funkübertragung zu den Hintermännern gleichzeitig erfolgte, aber auch dann geschah das nur teilweise. Ich bin da recht optimistisch."

„Wir werden ja sehen“, sagte Renemult. „Wenn irgendwann im Osten ein Institut mit der neuen Methode wirbt – unter anderem Namen selbstverständlich –, dann hat es wohl doch geklappt. Die plagiieren ja alles ohne Rücksicht auf Verluste.“

„Warum nur im Osten?“, fragte Sahik, der sich, warum auch immer, seine kritischen Einwände leisten konnte.

„Warum? Ach ja, was ich noch sagen wollte: Wir eröffnen demnächst eine Filiale in den Staaten. Habe ich das noch nicht erwähnt? Nee? Na, dann wisst Ihr es jetzt.“

Ein Raunen ging durch die Gruppe, das irgendwo zwischen Zustimmung und Befremden pendelte.

„Unter Freunden läuft das eben anders. Das kennt Ihr doch, oder?“ Mit diesen Worten unterbrach Renemult die Sitzung und legte die Fortsetzung auf drei Uhr am Nachmittag fest.

Auf dem Weg in sein Büro grübelte Käfer, wo Sirlana wohl steckte. War sie bei Lasis? Auf jeden Fall war es gut, dass sie nicht dabei war. Sie hätte ihren Liebhaber in Schutz genommen und es auf einen Zwist mit Renemult ankommen lassen. Und so, wie der drauf war, hätte das bös ins Auge gehen können.

10.

Sirlana saß zu Hause am Küchentisch und starrte aus ihrem Fenster. Vor ihr, vier Stockwerke tiefer, lag die Havel, die hier sehr breit war. Auf ihr sah sie die Lastkähne, die gleichmäßig ihre Bahn von Süden nach Norden, von Norden nach Süden zogen. Wenn sie den Blick über die flachen Industriebauten am anderen Ufer und über die anschließenden Kleingärten hinweg schweifen ließ, sah sie im Hintergrund die Hochhäuser des BioBig, zwischen denen sie den Standort der DURATEC erahnen konnte. Es war eigentlich eine sehr schöne Gegend hier in Spandau-Neustadt, zumindest für die Verhältnisse einer

Millionenstadt. Nicht allzuweit von ihrer Arbeitsstelle entfernt, wenn auch die Nahverkehrsverbindungen dorthin nicht die besten waren.

Trotz diese Vorzüge nahm sie nicht wirklich wahr, was sie sah. Die Nachricht vom nächtlichen Vorfall, die ihr die Kollegen am frühen Morgen schon auf dem Flur zu ihrem Büro überbrachten, hatte sie schwer erschüttert, und sie war selbstverständlich sofort in das Justizkrankenhaus gefahren. Glücklicherweise erwiesen sich Lasis' Verletzungen als nicht so schwer, wie sie befürchtet hatte. Ein ausgekugelter Arm, einige Abschürfungen im Gesicht und eine leichte Gehirnerschütterung – nichts, was irgendwelche bleibenden Schäden nach sich ziehen würde.

Anders dagegen verhielt es sich schon mit den Anschuldigungen, die nach Auskunft ihrer Mitarbeiter gegen ihn erhoben wurden. Danach sollte Rainer Lasis die neueste Version ihres Behandlungskonzeptes ausspioniert und sofort danach an dunkle Hintermänner im Ausland übermittelt haben – für Sirlana eine schier unbegreifliche Vorstellung. Rainer, mit dem sie mehr oder weniger fest liiert war, dem sie vertraut und dem sie manchmal auch betriebliche Einzelheiten erzählt hatte, die eigentlich nicht für ihn bestimmt waren – Rainer, dessen körperliche Berührung sie so anrührte, dass sie das Gefühl empfand, mehr, viel viel mehr als nur ein endloses Knäuel genetischer Informationen zu sein – ein Verbrecher? Ihr Rainer, mit dem sie schon spielerische Zukunftspläne ausgetüftelt hatte? Den sie möglicherweise – sie war sich nicht sicher – liebte?

In der Ferne sah sie in unregelmäßigen Abständen die Privatjets der Berliner Wirtschaftsbosse starten und landen, und ihr dämmerte die unbewusste Gewissheit, Teil eines hermetischen Netzwerkes zu sein, das sie mit der ganzen Welt verband. Oft sah es so aus, als würden die Flugzeuge mit den Gebäuden kollidieren, die sich vom BioBig in den Himmel reckten, doch kurz darauf erschienen sie ein Stück weiter unversehrt im Blau des Himmels.

Natürlich, grübelte sie weiter, manchmal war Rainer eigenartig verschlossen gewesen. Mehrmals schon – aber diese Fälle ließen sich an einer Hand abzählen – hatte er geschwiegen, wenn er besser sein Herz ausgeschüttet hätte, und einige Male hatte sie überhaupt nicht mehr gewusst, was in den schwarzen Klüften seiner Seele vor sich ging. Einmal hätte sie ihn deswegen beinahe verlassen.

Aber war es nicht von Zeit zu Zeit bei allen Männern so? War es nicht geradezu typisch für sie, dass sie ihre Probleme endlos mit sich herumschleppten und selbst eine Lösung finden wollten? Dummerweise hatte sie sich einmal bei Bernd Käfer über Rainers Verstocktheit beklagt, und der hatte gesagt: „Nichts. Nichts geht in ihm vor." Himmel Herrgott, er musste es ja wissen, er war ja auch ein Mann! Jedenfalls hatte sie ihm diesen Spruch übel genommen und ihn eine Weile lang gemieden, obwohl sie wusste, dass er etwas für sie empfand, und ihr das nicht unangenehm war.

Im Krankenhaus heute Morgen war es ähnlich gewesen. Er war gegen zehn Uhr aufgewacht und schien zunächst völlig desorientiert zu sein. Als er mit einigermaßen blödem Ausdruck die Augen aufschlug und als Erstes ihr Gesicht erblickte, schien er daraus zu schließen, dass er im häuslichen Schlafzimmer sei, doch als er erkannte, dass er in der Klinik war, geriet er völlig aus der Fassung. Er richtete sich auf und wollte aus dem Bett springen, doch sie hielt ihn zurück und drückte ihn wieder sanft in die Federn. Auf ihre Fragen, was in der letzten Nacht passiert sei, reagierte er mit völligem Unverständnis, dann, als die Erinnerung wiederkam und ihm dämmerte, dass er sich im Gefängniskrankenhaus befinden musste, blickte er noch finsterer drein, als er es im Normalzustand schon tat, und verfiel in verbissenes Schweigen. Erst als sie ihn verließ, machte er den Mund auf und rief ihr hinterher: „Kannst du mir einen guten Anwalt besorgen?"

Jetzt fragte sie sich, wie es weitergehen sollte. Sowohl mit seiner beruflichen Karriere als auch mit ihrer Beziehung. Eigentlich konnte es gar nicht weitergehen, das lag auf der Hand. Er würde verurteilt werden, was ihn zumindest finanziell völlig ruinieren würde, und er würde nie wieder einen Job in leitender Position finden. Am besten sollte er ins Ausland verschwinden, sollte er nach dem Prozess noch auf freiem Fuß sein. Was in letzter Instanz auch jegliche Zukunft für ihre private Partnerschaft ad absurdum führte. Falls sich diese nicht schon jetzt erledigt hatte. Denn solche seelischen Abgründe, solch eine Schizophrenie – solch eine Täuschung durch einen geliebten Menschen konnte sie nicht einfach wegstecken. Konnte das überhaupt jemand? War das prinzipiell überhaupt möglich?

Ihr Handy klingelte, es meldete sich Bernd Käfer.

„Wo steckst du?“ Er klang aufgeregt.

„Zu Hause“, antwortete sie knapp.

„Geht es dir gut? Du klingst so müde.“

„Ja ja, gut, es geht schon. Was ist los? Warum rufst du an?“

„Na hör mal, wie hatten heute Vormittag eine Sitzung, und du warst nicht da. Rene war etwas pikiert. Niemand wusste, wo du steckst. Du hast dich nicht abgemeldet. Wir haben vermutet, du warst bei Lasis.“

„Richtig vermutet.“

„Und? Wie geht es ihm?“

„Das wüsste ich auch gerne. Körperlich geht es ihm anscheinend ganz gut. Sag mal, Bernd, begreifst du das?“

„Begreife was?“

„Dass man sich so verhalten kann. Du hast ihn doch erwischt! Hat er ausgesehen wie ein Verbrecher? Oder kann das alles ein großes Missverständnis gewesen sein?“

Am anderen Ende entstand eine Pause.

„Bernd?“

„Ich fürchte: nein. Es sieht alles vollkommen eindeutig aus. Leider.“ Nach kurzer Überlegung fügte er hinzu: „Es tut mir leid für dich, wirklich.“

Sie wunderte sich selbst, warum, aber seine Worte taten ihr gut. „Du hast die Sache gleich gemeldet, was? Hast dich korrekt verhalten.“

Käfer verstand nicht, wie sie das meinte. „Ich konnte nicht anders. Der Wachmann hat Lasis festgehalten und die Polizei gerufen. Da war alles klar. Ich musste Rene informieren.“

„Stimmt.“ Wieder eine Pause.

„Nochmal. Heute Nachmittag ist eine Sitzung. Höchste Priorität! Wir würden gerne deine Meinung zu der Sache hören. Wenn jemand etwas für Lasis tun kann, dann du!“

Sie hatte keine Vorstellung, wie das gehen sollte, aber am Ende sagte sie zu.

11.

Ihr Auto stand auf der rückwärtigen Seite des Wohnblocks. Ein blaues chinesisches Coupé, nicht das neueste Modell und auch kein Schmuckstück, aber dennoch technisch noch auf der Höhe der Zeit. Mit ihrem Handy öffnete sie die Türen, stieg ein und warf ihre Handtasche auf den Beifahrersitz. Der Wagen war immer noch auf Autopilot gestellt, und sie hatte nicht vor, dies zu ändern. Im Großen und Ganzen, so war ihre Erfahrung, kam der Wagen auch ohne Eingriffe des Fahrers in Berlin ganz gut zurecht. Sie musste nur, wie früher bei den einfachen Navigationsgeräten, das Ziel eingeben, und los ging es. Der Pilot steuerte mit Hilfe der Satelliten und des Servers, von dem jeden Tag beim ersten Start das neueste Update kam.

Die Fahrt zur DURATEC dauerte normalerweise keine Viertelstunde. Sirlana drückte den Startknopf, lehnte sich zurück, der

Elektromotor sprang leise an, und der Wagen koppelte sich von der Lade-Einheit ab und rollte aus der Parklücke. An der Neuendorfer Straße stoppte er, ermittelte mit Hilfe von Satellitenortung und Bordgeräten eine Lücke im fließenden Verkehr (der Verkehr bestand zurzeit fast nur aus Lücke) und schwenkte nach Süden ein, in Richtung Spandauer Stadtzentrum. Den dortigen Kreisel um den Falkenseer Platz musste sie umrunden, um den Weg über die Havelbrücke zum BioBig einzuschlagen. Während sich ihr Magen auf eine lange Linkskurve einrichtete, lenkte das Auto plötzlich nach rechts und beschleunigte in die entgegengesetzte Richtung. Gleichzeitig klackte es laut in den Schlössern: Das Auto war abgeriegelt.

Sirlana war verwirrt: Hatte sie ein falsches Ziel genannt? Hatte der Automat ihre Spracheingabe missverstanden? Sie blickte um sich und sah die Wegweiser mit der Aufschrift „Falkensee“. Darüber das blaue Symbol „Autobahn“.

Allmählich wurde sie von Panik ergriffen. Ihr Magen verkrampfte sich, doch sie zwang sich, ruhig zu denken. Sie drückte den Knopf für „neues Ziel“ und nannte laut und deutlich: „Yamanaka-Straße eins“, die Adresse ihrer Arbeitsstelle. Nichts geschah, der Wagen fuhr unbeirrt weiter nach Westen. Auch nach der Widerholung der Prozedur tat sich nichts. Okay, dachte sie, Option zwei: Ihr Handy. Sie kramte es aus ihrer Tasche und wählte die Nummer von Käfers Schreibtisch. Keine Verbindung. Das Handy funktionierte offensichtlich, doch es ging kein Ruf hinaus, und es meldete sich auch keine Mailbox.

Ihre Gedanken begannen, sich im Kreis zu drehen. Was ging denn hier ab? War die ganze Computertechnik ausgefallen? Die Funkverbindung gestört? Würde das Auto demnächst durchdrehen und mit einem eleganten Schlenker gegen einen Alleebaum prallen? Ein anderer Wagen kam entgegen, sie winkte aufgeregt mit den Armen und machte alle möglichen Zeichen, doch der Fahrer sah nur entspannt von seinem E-Reader auf und winkte freundlich zurück.

Wissenschaftlerin! Du kannst logisch denken! Welche Möglichkeit gibt es noch? Ah, selbst fahren, fiel ihr ein, den Autopiloten abstellen. Wann hatte sie es zum letzten Mal gemacht? Es musste lange her sein, sie war sich nicht sicher, ob sie das überhaupt noch konnte. Unentschlossen zog sie das Steuer aus dem Armaturenbrett, was den Autopiloten unmittelbar in den Stand-by-Modus überführte. Das heißt, überführen sollte, denn so sehr sie auch an dem paddelförmigen Steuermodul ruckte und zerrte, es ließ sich nicht aus der Versenkung im Armaturenbrett lösen, wo es im Automatik-Modus eingebettet war.

Während sie dies alles in wilder Angst versuchte, erreichte der Wagen schon Falkensee, folgte in Ortsmitte der abknickenden Vorfahrt nach rechts, um mit hohem Tempo in nordwestlicher Richtung der Auffahrt 28 des östlichen Berliner Rings zuzustreben. Sirlana gab nun jedem entgegenkommenden Auto Zeichen, schrie vor Verzweiflung, aber selbst die Schleicher, die von ihrem eigenen Wagen überholt wurden – man stelle sich vor! – winkten nur desinteressiert, wenn überhaupt, zurück. Es war alles vollkommen zwecklos. An der Autobahn angekommen, verringerte sich das Tempo, der Wagen nahm die erste Auffahrt und fädelte sich in den fließenden Verkehr in Richtung Dreieck Havelland ein.

Wohin mochte es gehen? Sie sah auf die Ladeanzeige. Die Batterien waren noch fast voll; ihre Reichweite betrug bei diesem Tempo gut und gerne 350 Kilometer. Das reichte, um problemlos nach Hamburg oder auch ein ganzes Stück nach Polen hinein zu kommen. Sie unterließ jetzt alle Versuche, ihrer Lage zu entkommen, denn eins war ihr klar: Der Wagen wurde von außen gesteuert. Jemand hatte sich in die Elektronik ihres Autos gehackt, vermutlich über die Server-Verbindung, und nutzte jetzt alle Systeme, um sie zu einem unbekannten Ziel zu dirigieren. Wahrscheinlich saß der Betreffende gemütlich am Schreibtisch und trank Kaffee, während er im Monitor ihre Fahrdaten kontrollierte. Praktisch. Nie wieder würde sie in ein automatisches Auto steigen.

Sie fühlte ihren rasenden, aber schwachen Puls, und von der Stirne rann kalter Schweiß. Auf dem nördlichen Berliner Ring, kurz hinter der Ausfahrt 30 „Schwante“, fiel sie in Ohnmacht.

12.

An einen normalen Arbeitsalltag war bei DURATEC nicht zu denken. Die Polizei, die noch in der Nacht vom Wachmann gerufen worden war und den Tatort abgesperrt hatte, ging seit dem späten Vormittag in der Firma ein und aus, befragte sämtliche Mitarbeiter bis hin zu den Putzkolonnen, beschlagnahmte Akten und nahm besonders Penata, einen Administrator des betriebseigenen Intranets, ins Gebet. Der musste immer wieder die einzelnen Komponenten des Systems erläutern, darunter besonders die Sicherungsvorkehrungen, und seine Theorie über den versuchten Datendiebstahl zum Besten geben. Auch Käfer war schon mehrmals befragt worden. Zu seinem wachsenden Befremden musste er dabei feststellen, dass die Polizei dabei auch eine geradezu hahnebüchene Hypothese zu verfolgen schien – obwohl der betreffende Beamte dies energisch bestritt –, nämlich, dass auch er, Käfer, der Täter sein konnte.

Irrsinniger geht es nicht, dachte er. Augenscheinlicher konnte ein Sachverhalt doch gar nicht sein! Es gab eine Person, die sich wie ein typischer Täter verhielt, indem sie vom Tatort flüchtete; es gab zwei Zeugen, die ihn in flagranti erwischt haben, und da war das Handy als Corpus Delicti. Hinzu kamen weitere Indizien wie die geöffnete Datei und das gehackte Passwort. Natürlich, das wusste er als Wissenschaftler nur zu gut, sollte man sich vom allzu Offensichtlichen nicht blenden lassen! Von daher war es natürlich prinzipiell lobenswert, wenn die Beamten nicht nur in eine Richtung ermittelten. Dennoch, wenn er sich die Bürokraten an ihren Schreibtischen vorstellte, die letztlich die Weichen der Untersuchungen stellten, die vielleicht unter ganz anderen Zwängen standen, als der Wahrheit erste Priorität einzuräumen ... Er fühlte sich unwohl. Glücklicherweise schien Renemult Verdächtigungen gegen Mitarbeiter seiner Firma, gleich welcher Art, vehement zurückzuweisen.

Als die Besprechung pünktlich um fünfzehn Uhr beginnen sollte, war Käfer der Erste, dem auffiel, dass Mejul Sirlana nicht anwesend war. Renemult gab fünf Minuten zu, dann eröffnete er die Sitzung mit dem Hinweis, dass man sich beeilen müsse, da die Polizei für sechzehn Uhr weitere Befragungen anberaumt habe. Zunächst gab er eine Übersicht über den Stand der Dinge, die sich nicht wesentlich von dem unterschied, was schon am Vormittag gesagt wurde. Die Annahme, dass bei der nächtlichen Aktion keine Daten übermittelt worden seien, sei von den bisherigen Untersuchungen eher bestätigt als widerlegt worden. Nichtsdestoweniger sei der Schaden für die Firma immens. Die Tatsache, dass die Kollegin Sirlana nicht zur Sitzung erschienen sei, obwohl der Kollege Käfer sie benachrichtig habe, sei in diesem Zusammenhang merkwürdig, andererseits vielleicht auch verständlich: Jeder wisse um ihre privaten Beziehungen zum mutmaßlichen Täter.

Mutmaßlich. Was ist daran mutmaßlich, dachte Käfer.

Dann forderte Renemult ihn auf, den Tathergang noch einmal genau zu schildern. „Wie hat es angefangen? Sie haben sich zuvor mit Lasis gestritten? Worum ist es dabei gegangen?“

Käfer schilderte den Anlass des Streits, nämlich Lasis’ offensichtliche Nachlässigkeit bei der Lieferung dringend benötigter Chemikalien, was ihn verärgert habe. Er habe Druck machen wollen, mehr nicht.

Und was ihn mitten in der Nacht in die Räume der DURATEC getrieben habe? Na, seine künftige Forschungslinie, die Verjüngung. Da sei ihm eine Idee gekommen, wie man die Fähigkeiten der Qualle Turritopsis vielleicht für den Menschen nutzbar machen könne. Dies sei doch ein ganz normales Verhalten, das auch andere Kollegen zuweilen zeigten, oder etwa nicht? Dazu habe man schließlich die Handyapp zur Türöffnung erhalten.

Das Schweigen in der Runde konnte man fast mit dem Messer schneiden. Renemult sah ihn scharf an. „Sollte man meinen. Es kann aber auch andersherum gewesen sein."

„Wie andersherum?"

„Lasis behauptet steif und fest, dich beim Datenklau erwischt zu haben."

„Waaas?" Er konnte es nicht glauben. Das war doch einfach nicht normal! Er fühlte sich wie vor den Kopf geschlagen. Renemult hielt es doch tatsächlich für möglich ...

„Lasis sagt aus, dass er noch einmal nachsehen wollte, ob er nicht doch etwas für deine Lieferung finden könne. Da habe er dich an seinem Computer entdeckt, wie du die Dateien auf dieses Handy kopiert hättest. Da du gleich gewalttätig geworden seist, sei er geflüchtet und mit dem Wachmann zusammengestoßen. Was sagst du dazu?"

Acht Augen sahen ihn erwartungsvoll an.

„Mir fehlen die Worte."

„Immerhin sind deine Fingerabdrücke an dem Handy!"

„Ja natürlich, ich habe es ja in die Hand genommen, als es mir so komisch vorkam ..."

Renemult nickte verständnisvoll. „Sicher, sicher. Aber mir wäre bedeutend wohler, wenn sie nicht drauf wären ..."

Käfer wollte etwas entgegnen, aber sein Chef sah auf die Uhr. „Gleich beginnen die weiteren Verhöre. Übrigens, nur dass ihr's wisst: Das Landeskriminalamt hat die Sache übernommen, wegen der überregionalen Bedeutung. Ihr könnt also alles nochmal erzählen. Bernd, dich wollen sie als Ersten sprechen."

In diesem Moment wurde die Türe des Besprechungsraumes aufgestoßen, und Miriam Semmler, die Assistentin von Klara Mundt, die mit im Raume saß und das Protokoll führte, stürzte herein. „Herr Professor", rief sie aufgeregt, „Herr Professor, sehen Sie, was gerade reingekommen ist!" In der Hand hielt sie den Ausdruck einer kurzen E-Mail, den sie Renemult übergab.

Der nahm das Blatt in beide Hände und studierte es aufmerksam, wobei seine Augen immer größer und seine Gesichtshaut immer bleicher wurde. „Ach du Scheiße", entfuhr es ihm. „Entschuldigung, Leute, aber unsere Kollegin ist entführt worden!" Er gab das Blatt an Weinberg weiter, der stockend vorlas:

„Ihre Kollegin Sirlana ist in unserer Gewalt. Senden Sie uns die Akte DT-3.4, dann passiert ihr nichts. Wenn Sie das nicht tun, stirbt sie. Sie haben Zeit bis heute Abend, zehn Uhr. Die Adresse ist „info@lifetec123.by".

Ein Aufstöhnen ging durch den Raum. Niemand sprach, bis Weinberg wieder das Wort ergriff. „By", sagte er, „das steht für Weißrussland, glaube ich." In das aufkommende Gemurmel hinein rief er: „Nein nein, ich glaube nicht, dass sich unsere Kollegin dort oder auf dem Weg dorthin befindet. Dort sitzen, wenn überhaupt, die Verbrecher. Sirlana kann auch genauso gut in einem Keller um die Ecke gefangen sein."

„Hat sie nicht ein Handy?", machte sich Müller, der Verwaltungschef, bemerkbar.

„Richtig. Und das kann man orten", sagte Renemult. „Frau Semmler, Sie haben die Nummer im Sekretariat, richtig? Geben Sie sie den Beamten. Und bleiben Sie im Büro, bei den Geräten!"

An eine systematische Fortführung der Besprechung war nicht mehr zu denken. Auch die Verhörtermine hatten sich, wie man bald erfuhr, erst einmal erledigt.

13.

Im Team der verbliebenen Abteilungsleiter hatte jeder eine eigene Meinung, was die Frage betraf, ob und wie man den Forderungen der Entführer nachkommen sollte. Dass man überhaupt irgendetwas senden würde, schien außer Frage. Auch schien offensichtlich, dass die Gauner die übermittelten Dateien überprüfen würden, bevor sie das Zeichen für Sirlanas Freilassung geben würden. Und ebenso klar war, dass sie damit nicht bis zum Erfolg der übermittelten Therapieanweisungen warten würden – das wäre vielleicht in fünfzig Jahren. Sie würden sich vom Augenschein leiten lassen. Das Ganze musste nur formal so wie ein Upgrade der veralteten Methode aussehen.

Renemult, der mit seinem eigenen Anspruch, jetzt den starken Mann zu spielen, völlig überfordert war, plädierte für eine veränderte Fassung, die, wie er sich ausdrückte, „... diesen Lumpen sofort die Rechnung präsentieren wird." Dass darunter vor allem die Patienten zu leiden hätten, schien er problemlos zu übersehen.

Käfer sprach sich für die Übermittlung der originalen Fassung aus, was sich auf sein Standing hinsichtlich des Verdachts gegen ihn nicht gerade positiv auswirkte. Doch er verwies darauf, dass sowieso bald die von seiner Abteilung entwickelte Version DT-3.5 auf den Markt gebracht würde, so dass die Entführer nicht lange Freude am jetzigen Upgrade hätten.

Salik sprach sich vollkommen gegen jeglichen weiteren Kontakt mit den Erpressern aus, weil sie a) Sirlana auch nach erfolgreicher Übermittlung nicht freilassen würden, b) der Vertrauensschaden bei den Klienten zu groß wäre und c) eine solche Verfahrensweise nur Begehrlichkeiten bei weiteren Banditen wecken würde.

Weinberg plädierte für das Senden einer leicht abgefälschten Datei, die keinen weiteren Schaden anrichten würde.

Müller schließlich schlug eine simulierte Übermittlungsstörung vor, die einfach dazu dienen sollte, Zeit zu gewinnen.

Käfer traf Müller auf der Herrentoilette. „Ihr Vorschlag ist der beste", sagte er. „Wir sollte sie hinhalten. Vielleicht kann die Polizei inzwischen rauskriegen, um wen es sich handelt. Auf jeden Fall schadet es nichts."

„Oder wir finden Sirlana", entgegnete der. „Vielleicht können wir sie orten."

„Das halte ich für unwahrscheinlich. Das ist das Erste, das die Täter tun: ihr das Handy wegnehmen. Und es vernichten."

„Natürlich. Aber ich habe da noch so eine Idee. Kommen Sie mit in meine Abteilung? Da können wir in Ruhe darüber reden."

Müller war der Einzige der sechs Abteilungsleiter ohne Doktortitel, und aus unerfindlichen Gründen war er mit allen Kollegen per „Sie", außer mit seinen eigenen EDV-Leuten. Die duzten ihn ungeniert. Sein Büro war, verglichen mit Käfers Rumpelkammer, ein heiterer, wohlstrukturierter Ort. „Es sieht nicht überall so aus", räumte er ein, als er Käfers erstaunten Blick sah. „Sie müssen bloß mal einen Blick in die EDV werfen. Dort gibt es nur ein Ordnungsprinzip: die sogenannte zunehmende Entropie, also das wuchernde Chaos. Und nur eine Art von Ablage: die Sedimentation. Aber: Glücklich ist, wer seine Grenzen erkennt. Auch als Chef."

Sie nahmen in der „gemütlichen Ecke" gegenüber dem Schreibtisch Platz. Die Sekretärin, deren Nervosität ahnen ließ, dass sie per Buschfunk schon voll informiert war, brachte Kaffee und Plätzchen.

„Welche Idee?", fragte Käfer.

Müller lehnte sich nachdenklich zurück. „Wir alle, Sie und ich, wir sind doch duriert, wie es so schön heißt."

„Sicher."

„Und unsere Gesundheitsdaten werden ständig kontrolliert. Mit Hilfe eines Chips, der in unsere Schulter implantiert ist. Klingelt es jetzt?"

In Käfers Kopf herrschte friedliche Stille.

Müller schüttelte den Kopf. „Ich dachte immer, unter diesem Dach sind Deutschlands klügste Köpfe versammelt. Aber anscheinend bin ich der Einzige, der wenigstens ansatzweise in diese Richtung weist. Wie findet diese Kontrolle denn statt? Ich meine: auf welchem Wege?"

„Auf dem Rücken des elektrischen Strahls", sagte Käfer, dem langsam ein Licht aufzugehen schien.

„Bingo. Auf dem Funkwege. Und welche Netze werden dafür verwendet?"

„Die Handynetze."

„So ist es. Ich sehe, es besteht noch Hoffnung für das „Sapiens", mit dem sich spezielle Exemplare der Gattung Homo schmücken. Und damit kann sie auch über die normale Handyortung lokalisiert werden. Zumindest die Funkzelle!"

Käfer war völlig perplex, dass niemand sonst auf diese einfache Lösung gekommen war. Eigentlich wusste jeder, dass die Funkdaten der Transponder, die in den Schultern der durierten Personen saßen, von den EDV-Leuten der zentralen Abteilung gesammelt und einmal am Tag gebündelt, im Alarmfalle auch sofort, in die Abteilung Diagnostik gesandt wurden. Ein Teil davon landete sogar bei einem Mitarbeiter in Käfers Abteilung, für die statistische Auswertung.

Käfer lächelte gequält. „Also, lassen Sie uns das der Polizei melden. Wir dürfen keine Zeit verlieren!"

„Immer mit der Ruhe!" Müller forderte ihn auf, sich wieder zu setzen. „Die Polizei, das ist im Moment das LKA. Das heißt, es fließen übergeordnete, wenn nicht gar politische Motive in die Ermittlungen ein. Und wo das LKA ist, da ist BKA, das Bundeskriminalamt nicht weit. Und dann steht irgendwo auch der BND auf der Matte! Glauben Sie wirklich, dass Sirlana dabei noch irgendeine Rolle spielt?"

Käfer stöhnte. Er musste Müller Recht geben.

„Wir haben doch alles im Haus", fuhr der beschwichtigend fort. „Was glauben Sie denn, was passiert, wenn sich die Werte einer ihrer Duranten so verschlechtern, dass er zum Beispiel ohnmächtig wird und sofort behandelt werden muss? Er wird von uns geortet. Das ist doch vollkommen logisch. Allerdings ist es bisher noch nie vorgekommen."

Ein Hoffnungsstrahl fiel in Käfers versteinertes Hirn. Als hätte eine Fee seine Synapsen mit dem Zauberstab berührt, konnte er plötzlich wieder klar denken. „Natürlich!“, rief er. „Das ist die Lösung! Dass ich darauf nicht gleich gekommen bin!“

„Trösten Sie sich, die anderen wissen es im Prinzip auch, aber bis jetzt ist keiner darauf gekommen. Außer den zuständigen EDV-Leuten natürlich. Ich hab sie eben angerufen. Die sitzen schon dran und versuchen, sie aufzuspüren. Vielleicht haben sie sie schon.“

Käfer war sprachlos; ein derartiges Auf und Ab an Gefühlen hatte er selten erlebt. Und wie sollte es weitergehen, falls sie Sirlanas Aufenthaltsort finden würden? Er sprang auf. „Kommen Sie!, Lassen Sie uns zu Ihren EDV-Leuten gehen!“

„Also ab in die Entropie“, stimmte Müller zu.

Die drei Kellerräume, in denen die zentralen Rechner samt Zubehör und Personal untergebracht waren, ähnelten tatsächlich verdammt gut einer Geröll-Lawine oder Endmoräne, vielleicht auch einer Ursuppe, in der sich aus Drähten, Chips und Platinen ständig neue Lebewesen entwickelten. In jedem Raum saß, als Schnittstelle Mensch-Maschine, ein IT-Experte oder Administrator, der sich damit abmühte (oder sich zumindest den Anschein gab), die Wünsche der Firmenmitarbeiter mit den Möglichkeiten der von ihm betreuten Hard- und Software sowie Firmennetzen zur Deckung zu bringen.

Einer von ihnen war Penata, der informelle Ansprechpartner der Gruppe, ein junger vollbärtiger Mann, der, verglichen mit seinen beiden Kollegen, recht normal, ja sogar in gewisser Weise sportlich aussah. Er starrte auf einen seiner sechs großen Bildschirme, von denen jeder etwas anderes anzeigte.

„Hast du schon etwas?“, fragte Müller.

Penata zeigte keine Reaktion.

„Ich meine das Luftbild, das du da hast. Ist das noch Brandenburg? Sieht aus wie Biesenthal.“

„Das ist Biesenthal."

Hmm, dachte Käfer. Er sieht nicht aus wie ein Nerd. Ist aber doch nahe dran.

„Wir haben eben schon was gehabt." Penata sprach mit leiser, gleichförmiger Stimme. „Aber das Signal war vollkommen verrauscht. Und auch nur ganz kurz. Es sieht so aus, als sei es von hier gekommen." Er wies mit dem Finger auf den Bildschirm, der ein riesiges Waldgebiet zeigte. Müller und Käfer beugten sich vor und ließen ihre Augen suchend über die Baumkronen schweifen.

„Im Wald?", murmelte Käfer. „Sie werden sie doch nicht in ein Erdloch geworfen haben."

„Das dann auch ein Funkloch wäre", bemerkte Penata emotionslos.

„Eijeijeijeijei", machte Müller, und Käfers Atem beschleunigte sich.

„Wir müssen etwas tun!", rief er. „Lassen Sie uns losfahren. Sie können uns ja per Telefon Bescheid geben, wenn Sie den Ort lokalisiert haben."

Er ging ein paar Schritte in Richtung Türe. Müller schien unschlüssig, entschied sich dann aber, ihm zu folgen.

„Da ist was", sagte Penata leise. Sofort standen die beiden Männer wieder am Bildschirm. Dort blinkte ein roter Punkt im Wald nördlich der Stadtgrenze von Biesenthal, Käfer schätzte die Entfernung auf rund zwei Kilometer.

„Wartet, ich mach das Bild größer", sagte der Administrator und klickte mit der Maus. Die bisher platte Bilddarstellung gewann jetzt an Räumlichkeit und bescherte den beiden Besuchern das zweifelhafte Gefühl, sie schwebten über den Wipfeln und könnten jeden Moment abstürzen. Jetzt erkannte man im Umkreis des Punktes auch einige Gebäude und Ruinen zwischen dem Baumbewuchs. Ohne Rücksicht auf die Mägen seiner Besucher bewegte Penata den Betrachtungswinkel hin und her, und in der räumlichen Bilddarstellung konnte man die unterschiedlichen Höhen der Bauwerke erkennen. Von manchen war nur noch die Bodenplatte vorhanden.

„Das Bombenlager von Biesenthal“, sagte Müller. „Es stammt noch aus der Nazizeit. Da wurde die Munition für die Finower Jagdflugzeuge gelagert.“

„Bomben?“, bemerkte Käfer erregt. „Erst Erdloch, jetzt Bomben? Was kommt als Nächstes?“

Penata holte die Ansicht noch näher heran. Jetzt hing das Auge des Betrachters etwa fünfzehn Meter über dem Niveau des Erdbodens und schräg über einem großen, hallenartigen Gebäude mit angebautem Bürotrakt. Es machte einen stark heruntergekommenen Eindruck „Hier müsste sie drin sein“, stellte er fest.

„Also los“, rief Käfer. „Worauf warten wir?“

„Sie wollen Sirlana doch nicht etwa selbst befreien?“ Müller schüttelte ungläubig den Kopf. „Allein gegen eine Gruppe hartgesottener Banditen? Womöglich schwer bewaffnet?“

„Sagten Sie nicht eben selbst, das LKA würde sein eigenes Süppchen kochen?“, entgegnete Käfer. „Ich sage mal so: Lassen Sie uns doch wenigstens vor Ort sein, damit wir wissen, was geschieht!“

„Wir könnten ja ein wenig kreativ vorgehen“, schlug der Administrator vor. „Um nicht zu sagen: innovativ!“

„Wie stellst du dir das vor?“, fragte Müller.

„Ich komme mit. Dann wirst du schon sehen.“

14.

Sirlana erwachte auf einer harten Unterlage und stellte fest, dass sie gefesselt war. Es war kühl in diesem düsteren Raum, wo sie lag, kühl und feucht, obwohl es Mitte Juni war. Alle Glieder taten ihr weh, und an der rechten Wade empfand sie einen brennenden Schmerz. Trotzdem versuchte sie, sich aufzurichten und umzusehen.

Ihr gegenüber, auf einer Bank in der Ecke, saß ein Mann und schnitzte an einem Stock herum. Er hatte schwarzes, kurz geschnittenes Haar, leicht asiatische Gesichtszüge und trug eine dunkle Lederjacke. Ein paar Meter entfernt zur Rechten hockte ein anderer, der sich vom ersten nur durch sein dunkelblondes Haar und sein mitteleuropäisches Gesicht unterschied. Er spielte nervös auf seinem Handy. Beide machten auf sie einen gleichermaßen grobschlächtigen Eindruck.

„Schau, unsere Königin ist wach", sagte der Asiat.

„Habe ich schon längst gemerkt", brummt der Mitteleuropäer. Beide hatten einen starken Akzent. Weil sie sich in ihren jeweiligen Landessprachen wohl nicht verstanden, sprachen sie deutsch. Oder versuchten es zumindest.

Sirlana wollte etwas sagen, merkte aber erst jetzt, dass ihr die Männer den Mund verklebt hatten, und brachte nur ein kurzes Röcheln zustande.

„Na, Königin, du willst etwas sagen? Brauchst nix sagen, du. Schau, ist alles in Ordnung. Hervorragend in Ordnung. Bei uns bist du in Sicherheit, Schätzchen."

Die Antwort war ein wütendes Knurren.

„Ooooh, du bist böse? Darfst nicht böse sein. Wir haben nichts getan. Wir haben dich aus deinem verrückten Auto geholt. Du solltest dich bedanken. Auto war böse, nicht wir. Was meinst du, Pavel?"

„Ich meine, du solltest dein blödes Maul halten!"

„Heee! Powidl! Nicht so, Powidl, nicht so! Du bist nicht mein Chef!" Er sagte es drohend, dann wandte er sich unendlich langsam wieder Sirlana zu, die auf einem Absatz aus Beton an der Wand lag. „Schau, ist sie nicht schön? Dunkelrotes Kleid! Gefällt mir gut, das Kleid. Und was drunter ist, haha."

Der mutmaßliche Tscheche mit dem Spitznamen Powidl steckte sein Handy in die Jackentasche. „Sie ist eine blöde

Schlampe. Nicht, du? Bist eine blöde Forscherschlampe. Was forschst du eigentlich?“

Sirlana sah ihn mit angstgeweiteten Augen an und schüttelte den Kopf.

„Das habe ich mir gedacht. Blödes Zeug. Nichts für Frauen. Könntest was besseres sein. So wie du gebaut bist!“ Sein Lachen war breit und bärbeißig.

Sirlana ruckte an ihren Fesseln, schrie in das Klebeband und wandt sich heftig, was die beiden Männer mit großer Befriedigung zu genießen schienen.

15.

Der Wagen, ein offenes silbergraues Cabriolet, flog fast über die Landstraße. Penata saß am Steuer und beschleunigte auf über 120 Stundenkilometer, was seine beiden Mitfahrer, die nur gemächliches Autopilotfahren gewohnt waren, fürchen ließ, sie könnten trotz der Sicherheitsgurte hinausgeschleudert werden. Der Administrator kannte sich im Umland von Berlin ebenso gut aus wie in den Gerätehalden seines Dienstzimmers und fuhr auf Nebenstraßen, deren Zustand allerdings erbärmlich war und den Wagen kräftig durchschüttelte. (War es Zufall, dass die Regierung dieses Bundeslandes ihre Politik den „Brandenburger Weg“ nannte?) Ihr Ziel war das ehemalige Bombenlager von Biesenthal.

Die Sonne schien, und es war warm. Unter normalen Umständen hätte dies eine lustige Fahrt dreier Junggesellen sein können.

„Es ist jetzt kurz vor fünf“, stellte Müller fest. „Die Sonne geht wann unter?“

„Nach neun. Vielleicht halb zehn Uhr“, bemerkte Käfer.

„Bis dahin haben wir Zeit. Ich nehme an, dass es in diesen

Ruinen keinen elektrischen Strom und damit auch kein Licht gibt. Ich habe keine Lust, mich im Dunkeln mit den Typen zu duellieren. Und das auch noch ohne Waffe."

„Wer sagt hier: ohne Waffe?", fragte Penata und lenkte den Wagen in eine scharfe Rechtskurve.

„Wieso?", fragte Müller aufgeschreckt. „Hast du etwa eine Knarre dabei? Hast du denn einen Waffenschein?"

„Macht doch mal meine Tasche auf!"

Die ominöse schwarze Leinentasche, eher ein Beutel oder Rucksack, war schon vor einigen Kilometern vom Rücksitz auf den Boden gerutscht und hatte dabei ein klapperndes Geräusch von sich gegeben, über dessen Bedeutung Käfer seitdem gegrübelt hatte. Er zog den Reißverschluss auf und holte als Erstes eine große Stablampe hervor. Müller war erleichtert. Dann griff er abermals hinein und förderte ein schwarzes Ding hervor, das wie eine große Spielzeugpistole aussah. In deutlicher Schrift stand darauf: NUR ZUR TIERABWEHR!

„Was ist das? Eine Wasserpistole?", fragte er.

„Klar, eine Wasserpistole. Aber für besonderes Wasser!"

„Wodka", sagte Müller. „Wir spritzen sie so lange an, bis sie betrunken sind. Prinzip verstanden!"

„Ich erkläre es euch", sagte Penata und drosselte das Tempo auf neunzig Stundenkilometer. „Also: In dem Ding sind Patronen mit einer gelierten wässrigen Flüssigkeit. Klar?"

„Klar."

„Und dieses Gel enthält metallisches Pulver! Dieses Pulver wird mit Hochspannung aufgeladen. Wenn du von dem Strahl getroffen wirst, kriegst du einen elektrischen Schlag. Wie an der Steckdose."

„Ich nehme an, das ist nichts für Leute mit Herzschrittmachern?"

„Ganz und gar nicht. Deswegen ist es ja auch nur zur Tierabwehr zugelassen. Wie übrigens auch Pfefferspray."

„Aber die Schweine, die Sirlana gefangen halten, sind ja auch Tiere“, wandte Käfer ein.

„Das eher nicht, aber sie haben ja vielleicht Hunde dabei“, entgegnete Penata. „Scharfe Hunde, die man auf Distanz halten muss.“

„Genau“, sagte Käfer. „Hast du übrigens noch so ein Ding?“

Nach kurzer Zeit erreichten sie Wandlitz, das sie zur Linken liegen ließen, und bogen nach Osten in Richtung Lanke und Biesenthal ab. Dort schwenkten sie auf die Landesstraße 200 ein, fuhren ein paar hundert Meter in Richtung Eberswalde bis zur Abzweigung einer Allee, die sie durch Felder und einen schmalen Waldstreifen fast genau nach Norden führte. Um viertel nach fünf erreichten sie das Bombenlager.

16.

„Kannst Du mir das erklären?“, fragte „Beschbarmak“, wie der Tscheche den Asiaten in Anlehnung an eine kasachische Nationalspeise als Revanche für das „Powidl“ nannte. „Sie wollten kurz nach vier da sein. Jetzt ist halb sechs. Ich sag’ dir eins: Die kommen nicht mehr.“

Powidl lief nervös auf und ab. „Wenn die uns sitzen lassen ...“ Er fixierte die Pistole, die er in seiner linken Hand wog.

„Wir sollten sie gleich hier ...“ Beschbarmak sah begierig zu Sirlana hinüber, die sich, nach ihrem apatischen Gesichtsausdruck zu urteilen, in ihr Schicksal ergeben hatte. Sein Kumpan unterbrach seinen Lauf und spuckte zur Seite.

„Was sollten wir gleich ...?“

„Na, du weißt ...“. Dabei machte er mit hochgerecktem Daumen eine Bewegung, wie man sie bei Anhaltern an der Autobahn beobachten konnte. Etwas heftiger vielleicht.

Powidl grinste. „Gute Idee. Hätte ich dir gar nicht zugetraut, du Bastard. Was ist, Königin, machen wir uns einen schönen Abend? Wollen wir uns die Wartezeit ein wenig verkürzen?" Er ging zwei Schritte auf sie zu und bückte sich herunter, um ihr in die Augen zu sehen. Sie hielt die ihren fest geschlossen und drehte den Kopf mit einem Aufstöhnen zur Seite. Jetzt kam, wovor sie die ganze Zeit schon Angst gehabt hatte.

„He, wir müssen ihr die Fesseln losmachen!", sagte Beschbarmak und fing an, den Strick, der ihre Beine zusammenhielt, zu lösen.

Powidl schlug ihm energisch auf die Hände. „Rühr sie nicht an! Wir müssen sie heil abliefern! Heil, hörst du? Sie geht nicht in ein Bordell. Sie geht in ein Institut! Sie ist Forscherin, falls du weißt, was das ist! Sie soll forschen! In einem wissenschaftlichen Institut!"

Sirlana hatte die Augen aufgerissen. Sie verstand jetzt gar nichts mehr. Ein neuer Scherz? Nichts war, was es zu sein schien.

Beschbarmak war aufgesprungen und hatte die Fäuste geballt. „Du Pflaumenmus, du! Wer hat denn den Auftrag angenommen? Und warum kommen sie nicht? Warum rufst du sie nicht an? Ich sage dir: Die kommen gar nicht! Die haben es sich anders überlegt! Und wir sitzen hier …"

„Halt's Maul!" Powidl blickte noch finsterer, als er es schon getan hatte, seit die vereinbarte Frist abgelaufen war. War es vielleicht möglich, dass die Firma doch die Daten geliefert hatte und somit die Entführung abgeblasen war? Dass man sie hier mit dem Opfer einfach stehen ließ? Andererseits konnte er sich das nicht vorstellen. Wenn sie in Kasachstan forschen sollte, an einem schönen kleinen, wenn auch etwas einsamen Institut in den Bergen, dann sollte man das doch durchziehen. Jetzt, wo man sie schon einmal hatte. Was man hat, hat man.

„Wir warten weiter!", beschloss er. Was aber auch für ihn die Situation kompliziert machte, war, dass es auch in seiner Hose immer enger wurde und er seine Augen kaum noch von Sirlana abwenden konnte.

Das geringe Licht, das durch ein kleines Fenster in den Raum fiel, wurde merklich schwächer, obwohl es noch lange nicht Abend war. Powidl sah hinaus. Die Sonne schien nicht mehr, dunkle Wolken türmten sich am Himmel. Er blickte zur verschimmelten Zimmerdecke, die deutliche Lücken aufwies. „Wenn es regnet, wird es hier ungemütlich“, bemerkte er.

„Dann lass uns machen!“, drängte Beschbarmak und bekräftigte es mit der Daumengeste. Wieder griff er zu den Fesseln an ihren Beinen. Powidl lief auf und ab wie ein Tiger.

Ein Zwitschern riss sie aus ihren jeweiligen Beschäftigungen.

„Ein Vogel?“, fragte Beschbarmak.

„Ein Handy, du Idiot. Sie haben uns gefunden. Los, wir müssen weg!“

Während der Asiat noch nachdachte, wer es wohl sein könnte, der sie gefunden hatte, ergriff er Sirlana, wonach er sich schon die ganze Zeit gesehnt hatte, wenn auch nicht auf diese Art, aber immerhin, schwang sie über seine kräftige Schulter und folgte Powidl, der schon den langen Gang hinuntergelaufen war, ihren Weg nach allen Seiten mit der Pistole sichernd.

17.

Hier müsste es sein, dachte der Mann in einer Sprache, die wir nicht verstehen. Da vorne das große Gebäude. Er blickte auf sein Navigationsgerät, das speziell für Outdoor-Aktivitäten konzipiert war. Aber welcher Eingang? Das teilte ihm sein Gerät leider nicht mit. Er lenkte seinen schweren Geländewagen im Halbkreis über einen verbuschten Hof, der mit Panzerplatten aus Beton gedeckt war. Die Platten waren in den hundert Jahren ihres Daseins erheblich aus ihrer Lage geraten und schüttelten das Auto kräftig durch, so dass der Beifahrer sich am Griff festhalten musste. Der Wagen hielt vor einem Haufen, der aus Platten, die sich kreuz und quer auftürmten, gebildet wurde.

Während sie sich noch orientierten, kamen die beiden Personen, mit denen sie verabredet waren, aus einer Türe gerannt, der größere mit der gekidnappten Frau über der Schulter. Die Neuankömmlinge öffneten die Türen und stiegen aus. Jetzt klappt es ja doch noch, dachte der Fahrer erleichtert. Aber warum diese Eile?

18.

Das verdammte Handy! Der Klingelton hatte einen wahren Aufruhr hinter der Wand verursacht. Offenbar hatte man die Täter aufgespürt und zur Flucht getrieben. Müller nahm die Verfolgung auf, was mangels einer Waffe sehr zögerlich ausfiel, und Penata schwärmte aus, um sich im Schutz der Büsche und zerfallenden Mauern um den Platz herum zu schleichen. Immerhin – er hatte so etwas wie eine Waffe. Käfer schließlich nahm den Anruf an und flüsterte dabei so leise, dass ihm die Stimme des Anrufers vorkam, als würde sie laut durch das Gebäude dröhnen.

Es war Renemult. Der fiel aus allen Wolken, als er hörte, dass das Trio die Verfolgung der Gangster aufgenommen hatte. „Alles sofort stoppen!“, schrie er und erklärte, man habe hin und her überlegt, sich mit der Polizei beraten und sei zum Ergebnis gekommen, dass die Unterlagen übermittelt werden sollten. Müllers EDV-Gruppe sollte dies tun, Müller sei aber nicht da gewesen. Sein Handy habe er offensichtlich abgeschaltet. Und so weiter. Fazit des Anrufes war jedenfalls: Jede Aktion einstellen!

Käfer unterbrach die Verbindung und stürmte den Gang entlang, in dem Müller verschwunden war. Den fand er in einem kleinen Vorbau, wie er, geschützt durch die Mauer, den Vorgang auf dem Platz beobachtete, und stellte sich auf die andere Seite des scheibenlosen Fensters.

Die Aussicht, die sich ihm bot, war schlechterdings grandios.

Für einen kurzen Moment sah er, wie die zwei Entführer mit Sirlana auf einen Geländewagen zuliefen, deren Insassen gerade ausstiegen. Im nächsten Moment schoss mit einem lauten Knall ein Feuerball vor dem Fahrzeug in die Höhe, Staub und Steine wirbelten durch die Luft, eine Druckwelle riss die Kidnapper um und schleuderten sie ein paar Meter zur Seite. Steine schlugen in das Gemäuer ein, in dem Müller und Käfer sich duckten, mit lautem Scheppern auch in den Geländewagen, der kippte, einige Sekunden graziös auf zwei Rädern balancierend, und dann umfiel. Der nächste Knall war im Vergleich zum ersten nur ein Fauchen: Das Auto ging in Flammen auf.

„Wow!", hörten sie Penata von der anderen Seite. „Was für eine Wasserpistole!" Dann sprang er hinter einem Mäuerchen hervor und lief auf die Stelle zu, wo vorher der Haufen gewesen war, jetzt aber ein tiefer Krater gähnte. Müller und Käfer taten dasselbe.

19.

Käfer sah zuerst nach Sirlana, die bewusstlos und unnatürlich verkrümmt dalag. Eine schockartige Spannung hatte ihn erfasst, er fühlte nichts von sich selbst und handelte wie ein Automat. Er tastete nach ihrem Puls, besah sich ihre Glieder und kam zum Schluss, dass ihr linker Arm gebrochen, sie aber sonst zumindest äußerlich kaum verletzt war. Er nahm seine Jacke, legte sie unter ihren Kopf und bettete sie vorsichtig in Seitenlage.

Die Kidnapper hatte es schlimmer erwischt. Einem hatte ein Betonteil den Kopf zerschmettert, ein anderer spuckte Blut, der dritte war unter dem brennenden Auto begraben worden und der letzte versuchte hinkend den Platz zu verlassen. Als Penata die Verfolgung aufnahm, schoss er, traf aber nicht. Auch Penata wollte schießen, zögerte aber angesichts der soeben gemachten Erfahrung. Der Täter verschwand zwischen Mauern und Büschen.

„Was ist? Hat jemand einen Krankenwagen gerufen?“, fragte Käfer. Müller zeigte sein Handy und nickte.

„Hört ihr das?“, fragte Penata und lauschte. „Ist das eine Polizeisirene?“

„Na was, jetzt schon? Sie können doch noch nicht da sein“, brummte Müller, „die sitzen doch noch im Bereitschaftsraum und füllen Formulare aus.“

Die Einsatzwagen näherten sich, und bald darauf fuhr der erste auf den Platz. Die Beamten sprangen mit gezückten Waffen aus dem Wagen und nahmen sofort die drei DURATEC-Leute ins Visier. Als der Irrtum aufgeklärt war, kümmerten sich die Polizisten – inzwischen hielten zwei weitere Wagen auf dem Gelände – um die Verletzten und forderten Notarzt, Kranken- und Leichenwagen an. Zwei von ihnen nahmen die Verfolgung von Powidl auf.

„Wie haben sie uns so schnell gefunden?“, fragte Müller.

„Schon mal was von Handyortung gehört?“, entgegnete einer der Beamten flapsig.

„Ja trotzdem! Sie brauchen über eine Stunde von Berlin …“ Hier brach er ab. Klar. Die Leute hier waren aus Biesenthal. Die Berliner hatten sie benachrichtigt. Wie dämlich konnte man sein!

Kurz darauf trafen die Krankenwagen ein.

20.

Käfer saß an einem Krankenbett der Klinik für Unfall- und Wiederherstellungschirurgie der Charité in Berlin und betrachtete hingebungsvoll seine blasse Kollegin, die Leiterin der Diagnostischen Abteilung der DURATEC, Mejul Sirlana, selbst promovierte Medizinerin.

Vom behandelnden Arzt hatte er erfahren, dass sie die Explosion einigermaßen glimpflich überstanden habe und ihre Verletzungen relativ harmlos seien. Äußerlich wies nur die Plastikmanschette an ihrem linken Arm auf eine Blessur hin. Etwas dramatischer waren die Schäden, die von der Druckwelle in der Lunge verursacht worden waren. Aber auch die sollten, so der Arzt, in vierzehn Tagen ausgestanden sein.

Sirlana hatte geschlafen. Nun wachte sie langsam auf, gähnte herzhaft und schlug die Augen auf.

„Bernd!“

Er nahm es als freudige Begrüßung. „Mejul! Wie fühlst du dich?“

„Hmm. Irgendwie zerknittert. Was war denn los?“

„Weißt du es nicht mehr?“

„Ich habe keine Ahnung. Ich weiß nur noch, dass ich fürchterliche Angst hatte. Und dass ich fortgetragen worden bin. Der Mann ist gerannt. Und dann ... dann bin ich hier aufgewacht.“

„Na ja ... dazwischen gab es so einiges.“ Er riss sich zusammen und ergriff ihre Hand. „Zum Beispiel eine große Explosion mit einem ziemlichen Steinschlag. Du hast unwahrscheinliches Glück gehabt, dass du nicht getroffen worden bist. Einem deiner Entführer wurde das Gesicht zerschmettert.“

„Ist er tot?“

„Er ist auf dem Platz gestorben. Ein anderer ist unter dem Geländewagen verbrannt. Die anderen beiden liegen im Krankenhaus und werden von der Polizei verhört.“

Sie schüttelte den Kopf. Das Ganze ergab für sie keinen Sinn.

„Aber dass man mich entführt hat – ich verstehe nicht warum."

„Ich verstehe es ja auch nicht. Die Polizei erzählt ja nichts. Aber ich reime es mir so zusammen: Rainer sollte die Daten von DT-3.4 stehlen und an die Drahtzieher, die irgendwo im Osten sitzen, übermitteln. Ich nehme an, irgend so ein dubioser Anbieter der DURA-Technik in Zentralasien wolle sich auf diesem Weg die neueste Version downloaden. Nachdem dies gescheitert war, hat er sich folgendes Spiel überlegt. Er ließ dich entführen und erpresste die Firma, ihm die Daten ganz offen auf eine ominöse Mail-Adresse zu senden. Falls dies nicht klappen sollte, hätte er ja dich als Pfand. Du hättest irgendwo, sagen wir im Kaukasus oder Altai-Gebirge, in einer Spezialklinik schuften müssen ... na ja, vielleicht wärst du ja ganz groß herausgekommen ..."

„Die Chance meines Lebens! Ich habe sie verpasst, weil du dazwischengekommen bist! Aber nein, ich glaube eher, ich hätte irgendwelchen Lokalfürsten irgendwelche Mittelchen verabreichen müssen, die nur eines bewirken würden: nichts. Hauptsache, die Knete kommt rüber. Und es gibt keine unangenehmen Nebenwirkungen. Raus kommt es ja frühestens in fünfzig Jahren. Tot! Oh, ja, Pech, ein wenig Schwund ist immer. Sie können ja klagen, haha."

Käfer stimmte in ihr Lachen ein, verzog dann schelmisch sein Gesicht.

„Ich bin also nichts weiter als dazwischengekommen? Mehr gibt es nicht zu sagen?"

„Doch, da gibt es noch vieles. Zum Beispiel: Wie kam es zu dieser bombastischen Explosion?"

„Oh, das ist einfach. Penata hat mit seiner Super-Trooper-High-Tech-Wasserpistole auf die Männer geschossen, die aus dem Auto stiegen. Dabei hat er irgendwie den Haufen aus Betonplatten erwischt, unter dem dummerweise eine alte Bombe lag. Da kam ein alter Zünder und die Hochspannung aus der Munition zusammen, und – wusch! Die herumfliegenden Betonteile erledigten den Rest."

„Da stand Penata sicher ganz schön unter Schock. Das hatte er wohl nicht erwartet."

„Nein, und ehrlich gesagt – irgendwie glaubt er wohl immer noch, es sei gar nicht die Bombe gewesen …"

21.

„Es ist genehmigt! DT-3.5 ist online!" Käfer konnte sich gar nicht beruhigen. Er lief den Gang hinunter, riss alle Türen auf und rief seine Botschaft den Kollegen um die Ohren. Auch Sirlanas Türe öffnete er, eilte zu ihrem Schreibtisch und gab ihr einen Kuss, noch ehe sie selbst dazu ansetzen konnte und ehe die Kollegen, die jetzt den Gang füllten, Zeuge werden konnten. „Wir können das neue Verfahren anwenden. Ab morgen!"

„Toll", rief sie. „Das ging diesmal ja schnell! Wer hätte das gedacht! Nur sieben Monate nach DT-3.4!"

„Wer kommt denn morgen?" Käfer wurde mit einem Mal klar, dass dann ja auch wieder einer dieser verhassten Empfänge fällig war.

„Ach, so ein Sektenführer. Ich habe vergessen, wie er sich nennt. Toutmosel oder so."

„Und der will partout nicht in den Himmel?"

„Nee, er sagt, er habe von Gott die Weisung erhalten, weiterhin dem Heil seiner Schäfchen zu dienen und hienieden auszuhalten."

„Hm, ich glaube, dieser Sekte trete ich erst einmal nicht bei."

„Auf jeden Fall feiern wir erst einmal!"

„Genau! In der Mittagspause! Klara bestellt schon den Sekt!"

„Bringst Du Deine Qualle auch mit?“

„Turri? Natürlich darf sie mit. Sie ist doch die Hauptperson.“

„Ich sehe schon das Bild in der Zeitung“, schaltete sich eine Kollegin ein. „Bernd mit seiner Qualle Turri an der Leine, in einem Aquarium auf Rädern, beim Gassigehen.“

„Und? Wer klaut diesmal die Daten?“ Penata stand plötzlich im Türrahmen.

Käfer grinste. „He, du natürlich, du alter Miesepeter!“

„Wieso ich?“

„Weil du dann wieder den großen Retter mimen kannst! Aber vergiss die Wasserpistole nicht!“

Zeus erzählt einen Witz

1.

Zeusens Witze sind nicht mehr das, was sie einmal waren. Besonders in letzter Zeit, wo er einen etwas hinfälligen Eindruck macht, erscheinen seine Bonmots etwas bemüht und reißen keinen mehr vom Hocker.

„Kennt ihr den?“, fragt er in die Runde. „Haben sich drei Götter in einem Spiralnebel verlaufen. Es sind – wartet mal … Huitzi… Huitzi…“

„Huitzilopochtli“, hilft ihm Athene. „Das ist aber auch ein schwieriger Name, Papa.“

„Genau. Also Pochtli, dann noch Jahweh und dieser Vishnu. Der mit den vier Armen.“

Die Zuhörer wissen, was jetzt kommt oder besser gesagt, kommen sollte, und können Zeus notfalls mit der Pointe unter die Arme greifen, falls er sie schon wieder vergessen haben sollte.

„Und wo wollten die hin?“, fragt Thor, der ebenfalls zu der plaudernden Gruppe gehört, die sich von den anderen Göttern – es mögen mehrere tausend sein, die hier auf der Kleinen Magellanschen Wolke zusammengekommen sind – abgesondert haben.

„Die waren unterwegs zu diesem neu entdeckten Kepler-Planeten. Mal gucken, ob sich dort was machen ließe.“

„628 f“, sagt Athene.

„Hmm … Kepler 628 f. Zahlen sind nicht so meins“, brummt Zeus.

„Kommt meist nix bei rum“, meldet sich Enki, der alte Sumerer, zu Wort. „Jedenfalls, was geistiges Leben betrifft. Entweder es funktioniert nicht so recht, weil die Umweltbedingungen ungünstig sind, oder die Intelligenzbestien bringen sich um, kaum, dass man sie erschaffen hat.“ Seine Götterkollegen nicken betrübt.

„Und? Also die drei im Nebel. Was passierte dann?“, fragt Ares, der wie stets in voller Rüstung erschienen ist, und tritt von einem Bein auf das andere.

„Pochtli sagte: ‚Lasst uns immer geradeaus laufen, irgendwann muss die Suppe ja aufhören.‘“

„Gut erkannt!“ Als Kriegsgott kennt Ares sich mit Schlachtplänen aus. „Frohgemut nach vorne ist meist am besten.“

Zeus schüttelt den Kopf. „Jahweh sagte: ‚Lasst uns zurückgehen und die trübe Brühe umgehen. Wir sind doch gerade erst hineingeraten.‘“

„Tinnef!“, protestiert Jahweh, der abseits sitzt, jedoch ohne den Blick von den Lehmklümpchen zu wenden, die er auf einem Brett aufgereit hat. „Ich bin der Schöpfergott! Der alleinige, nebenbei bemerkt. Ich hätte den Nebel weggeschöpft!“

Seine Kollegen überhören den Affront geflissentlich. Sie haben sich über Äonen an seine Ausfälle gewöhnt. Der wird sich nie ändern, da können neben ihm Allmächtige schalten und walten, wie sie wollen.

„Und was habe ich gesagt?“ Vishnu breitet fragend seine vier Arme aus, was ihn (zusammen mit den zwei Beinen) wie ein Insekt erscheinen lässt.

„Ja ... das ist der Witz. Du hast gesagt ... äh, du hast nämlich gesagt ...“ Zeus kann wirklich keine Witze mehr erzählen. Jetzt hat er doch tatsächlich wieder die Pointe vergessen! Er grübelt verzweifelt, doch sie fällt ihm nicht ein. Früher war das überhaupt nicht so. Wenn man an seine Gigantenwitze denkt oder diese schlüpfrigen Verwandlungswitze ... zum Beispiel mit dem Eber und der Jungfrau ... Das brüllende Gelächter von damals, es ist nur noch eine dünne Erinnerung. Überhaupt ist nicht mehr viel los mit ihm. Das gilt auch für die anderen Götter, denen der göttliche Funke in den letzten Jahrhunderten irgendwie abhanden gekommen zu sein scheint. Seien wir ehrlich: So lustlos und gräulich, wie sie hier herumsitzen und bemüht um ein wenig Heiterkeit ringen – wer würde noch einen kranken Hasen für sie opfern? Doch woran liegt es? Ist der Nektar schlecht geworden? Der Met? Oder das Ambrosia?

„Ambrosia ist alle“, ruft Behemoth durch den Raum und übertönt das Hintergrundraunen, das von den Menschen fälschlicherweise mit dem Urknall in Verbindung gebracht wird, in Wirklichkeit aber das Gemurmel der Götter ist.

„Mir auch nochmal“, säuselt Zeus und hebt sein Glas.

„Dummkopf!“, schimpft seine Gattin Hera. „Ist alle! Nicht: für alle! Was ist bloß los mit dir?“

„Und Nektar?“, insistiert Zeus.

„Nektarschorle ist noch da. Extra für dich aufgehoben“, sagt Behemoth, der unbemerkt hinzugetreten ist und unaufhörlich seine Gestalt wechselt, so dass er einmal aussieht wie ein Nashorn, dann wieder mehr wie Luzifer.

„Und woher stammt das Wasser? Von der Erde? Oder hast du wieder reingepisst?“ Zeus schüttelt sich. „Nä, danke, kein Bedarf.“

Plötzlich kommt Bewegung in die Götterschar. Es ist ein erhabener Anblick: Wie auf ein geheimes Kommando beginnt die Umgebung, die für jeden Gott und natürlich auch für Autor und Leser jeweils eine eigene war, zu zerrieseln, die Gottheiten schweben im Nichts beziehungsweise im von bunten Schlieren durchwirkten All, um sich allmählich wie Eisenfeilspäne zwischen den Polen oder Schneekristallarme um einen Mittelpunkt zu sammeln und schließlich in einer Anordnung zu verdichten, die einer zur Seite offenen Halbkugel gleicht. In der Mitte dieser gedachten Kugel sieht man, erst ganz transparent, dann immer körperlicher werdend einen schimmernden Nukleus, der flackernd anschwillt und Formen annimmt, bis man erkennt, was oder wer es ist: Es ist Thot, der Gott der Wissenschaften, erkennbar an seinem langen Ibisschnabel, der wie ein Spieß aus der schwarzen Frank-Zappa-Mähne hervorsticht.

Während sich der Altägypter gemächlich umsieht, fällt die schwarze Hornbrille auf, die er noch nie getragen hat (kann man sich einen fehlsichtigen Gott vorstellen?). Sie soll ihm heute, an diesem seinem bedeutsamen Tag, wohl ein imposantes Aussehen verleihen, seine Pose wirkt aber eher arrogant, auf jeden Fall ein wenig lächerlich. Dazu trägt auch bei, dass er, genau wie die übrigen, nicht sonderlich wohl aussieht. Auch die pompöse Materialisiererei (er hätte ja auch einfach zu Fuß kommen können) läuft nicht so glatt, wie man sich das wünscht: Thot flackert bedenklich, ja, verschwindet mehrmals wieder vollkommen. Wie sagt man noch? Nomen ist Omen.

Es verhält sich nämlich so: Wegen seines Unwohlseins hatte Zeus seinen Hausarzt Äskulap konsultiert, der sich jedoch arg gewunden hatte und mit seiner Diagnose nicht so recht hatte rausrücken wollen. Zudem sah er selbst etwas abgeschlagen aus, man hätte meinen können, er leide an der gleichen Krankheit wie Zeus. Im Gespräch mit dem Heilkundigen kam aber wenigstens heraus, dass fast alle Götter ähnliche Symptome zeigten wie sein Patient. Wurden sie vielleicht alt? Oder richtig krank? Würde es im Universum bald keine Götter mehr geben? Gegen diese These sprach, dass einige von ihnen noch immer vor Kraft und Tatendrang strotzten. Darunter der eigenbrötlerische Christengott Jahweh (alias Jehova), sein Cousin Allah, der alle Versammlungen mied (vielleicht, um nicht angesteckt zu werden?), Vishnu, Shiva und alle anderen Götter und Göttinen mit indischem Glaubenshintergrund. Eigenartig!

Als alle Arzneien und auch die liebende Zuwendung seiner Gattin Hera (auch nicht mehr so intensiv wie früher …) nichts fruchteten, kam Zeus zu der Einsicht, dass es sich um etwas Größeres handeln müsse, das alle angehe, womöglich um eine Pandämie (Pan dementierte umgehend), die im Rahmen einer interkosmischen Studie geklärt werden müsse. Er rief den kleinen Götterrat zusammen, der eine entsprechende Untersuchung in Auftrag gab. Auftragnehmer war das renommierte Büro des besagten Wissenschaftsgottes Thot. Menschen würden es vielleicht ‚Thot Consulting, THOCO', nennen.

Thot ist endlich in der Mitte des Zirkels stabil und hat hinter dem eilig dorthingebeamten Rednerpult Stellung bezogen. In der Hand hält er ein Gerät, das man auf der Erde vielleicht als Tablet-PC bezeichnen würde, wäre es nicht nach alter ägyptischer Sitte aufgerollt wie ein Papyrus.

Während er das widerspenstige Teil zu glätten versucht, was ihm schließlich auch gelingt, nehmen um ihn herum die Mitglieder seines Teams Platz. Ihre Namen kennt trotz ihrer Göttlichkeit (?) kaum einer: Kriskas, Palavi, Sovij, Austeja, Marx, Einstein ... Sie teilen das Schicksal all derjeniger, die die eigentliche Arbeit tun.

„Liebe Göttinnen, liebe Götter, liebe Götterinnen!", beginnt Thot bedachtsam, um niemanden auszulassen. Dann erzählt er umständlich, was zu seinem Auftrag geführt habe und mit wie viel Fleiß und Akribie man an die Bewältigung der imposanten Aufgabe gegangen sei. Viele Fragen seien erst während der Bearbeitung entstanden, was einen nicht unerheblichen Extraaufwand bewirkt habe, über dessen gesonderte Honorierung man sich noch unterhalten müsse – und so weiter und so fort. Wie bei solchen Studien üblich, habe man der eigentlichen Bearbeitung eine Befragung der Götterschaft vorangestellt, die das bestätige, was man eh schon vermutet habe, teils aber auch zu überraschenden Ergebnissen geführt habe.

Überraschend sei zum Beispiel gewesen, dass auch Gottheiten, die nicht gerade für ihre entgegenkommende Art bekannt seien, wie Satan, Luzifer, Tuonetar und Gattin, Osiris, Mot, Hun und Vucub Cane, um nur einige zu nennen – dass auch diese Persönlichkeiten sich rege an der Befragung beteiligt hätten. Dies spreche für die Bedeutung der Studie über alle Göttersphären hinweg. Im Übrigen sei der Rücklauf der Fragebögen „sehr zufriedenstellend" gewesen (man freut sich hier ja schon über Kleinigkeiten); die Auswertung habe man selbstverständlich anonym vorgenommen – soweit dies angesichts der Allwissenheit vieler Teilnehmer möglich gewesen sei.

„Was hat die Befragung nun erbracht?“, fährt Thot vielsagend fort, und die Götter schweigen so still, dass man in der Ferne die Schluckgeräusche der schwarzen Löcher zu vernehmen meint. Doch wer glaubt, Thot würde nun das Ergebnis – oder die Ergebnisse – mitteilen, sieht sich getäuscht. Klappern gehört nun man zum Handwerk, dies ist im unendlichen All nicht anders als auf dem kleinen Popel Erde. Thot beschreibt in aller Ausführlichkeit, welche Hypothesen man aufgestellt und nach langwieriger Bearbeitung wieder verworfen, welche Gruppierungen man auf- und wieder umgestellt habe, welche Symptome man aufgelistet habe und welche Meinungen und Lösungsvorschläge seitens der Gottheiten es gebe. Die einfachsten Fragen seien nicht die leichtesten gewesen. Wer durfte an der Befragung teilnehmen? Wer ist überhaupt ein Gott respektive eine Göttin? Wer nur ein Geist? Ein Heiliger? Engel? Dämon? Troll? Sind Götter, an die niemand im ganzen Kosmos mehr glaubt, überhaupt noch als solche zu werten? „Genau hier liegt der Schlüssel!“, ruft er theatralisch aus und gerät wieder gefährlich ins Flackern. „Lasst es mich so zusammenfassen.“

Man glaubt es nicht – kommt jetzt etwa ein Ergebnis? Die Hälfte der Gottheiten ist schon schläfrig in sich zusammengesunken. Auch Zeus ist nur wegen der Rippenstöße seiner Gattin Hera einigermaßen wach. Thot biegt ein weiteres Mal sein Tablet auseinander, das ihm nicht gehorchen will, rückt seine Brille zurecht und durchforstet den Bildschirm. „Hier haben wir's“, sagt er schließlich. „Wir Götter wollten es nie wahrhaben. Dennoch ist es so.“ Er hüstelt vielsagend. „Wir alle leiden – mehr oder weniger, und da nehme ich mich nicht aus – an der sogenannten CHRONISCH-PROGREDIENTEN INFIDELIOSE! Kurz: CPI!“

„Unter was?“, fragt Dionysos, der sich auf seinen großen Met-Humpen stützt. Quetzalcoatl, die gefiederte Schlange, windet sich unendlich langsam und bedrohlich auf der Stelle, den stechenden Blick gefährlich auf den Redner gerichtet.

„Ja, liebe Mitgötter, es handelt sich um CPI, auch THEOLYSE-SYNDROM genannt.“

„Aha, jetzt hab ich's verstanden." Dionysos schüttelt den Kopf, während Quetzalcoatl nachdenklich in sich zusammensackt.

Der Stelzvogel-Thot nickt. „Wir beobachten vereinzelte Fälle schon eine ganze Weile, aber erst jetzt – auch als Ergebnis der Befragung – reimt sich alles zu einem schlüssigen Bild zusammen. Es handelt sich tatsächlich um das, was der Volksmund in seiner respektlosen Art SCHLEICHENDEN GÖTTERSCHWUND beziehungsweise METAPHYSISCHE BLASSFÄULE nennt!" Er blickt nach rechts oben, wo sich die germanische Asgard-Fraktion niedergelassen hat. „Nicht zu verwechseln mit ‚Götterdämmerung', mein lieber Odin. Leider habt ihr den Begriff schon für eure Zwecke in Beschlag genommen. Er würde das Geschehen nämlich ganz gut beschreiben. Ein allmähliches Verschwinden in der Dunkelheit. Einen so furiosen Abgang, wie ihr es euch vorstellt, wird es nicht geben. Wir werden mit der Zeit einfach immer blasser und durchsichtiger werden, bis wir ganz weg sind. Es ist traurig, aber ..." Hier versagt ihm die Stimme. Er senkt den Schnabel und starrt auf die elektronische Roulade auf dem Pult.

Ein schwaches, eher raunendes Stöhnen durchwogt die göttliche Halbkugel, die jetzt bereits ein wenig lückenhaft und durchscheinend wirkt.

„Ich nicht!", ruft Jahweh in die Runde.

„Wie? Du siehst nicht ..."

„Nein. Ich bin da und werde immer da sein!"

Tatsächlich sieht Jahweh, wir hatten es bereits erwähnt, recht frisch aus. Auch von Allah, der nicht anwesend ist (oder ist er doch da? Es gibt kein Bild von ihm, niemand weiß, wie er aussieht), wissen wir, dass er sich geradezu jugendlicher Vitalität erfreut. Und den Hindu-Göttern – nur als weiteres Beispiel – scheint es ebenfalls blendend zu gehen. Jedenfalls wenn man Shiva betrachtet, der ja immer tanzen muss, weil sonst der ganze Kosmos zusammenbricht. Es bietet im Übrigen einen grotesken Anblick, wie er im Moment, angesichts solch ungeheuerlicher Thot'scher Darlegungen, mit Paravati, seiner liebreizenden Partnerin, einen flotten Tango aufs Parkett legt, aber er kann oder darf nicht anders.

Zur relativen Vitalität einiger Götter kommt, dass verschiedene mindere Geister, die bisher eher als hässliche Dämonen ihr Dasein gefristet haben, plötzlich zu göttlicher Reife gelangt sind. Unter ihnen nicht zuletzt Mammon, ehemaliger Geist des Geldes und jetzt unangefochtener Gott des bargeldlosen Zahlungsverkehrs und der Finanzkonstrukte. Respektive -krise, wie manch CPI-Gebeutelter munkelt. Und auch ein gewisser „Fußballgott", eigentlicher Name unbekannt. Bemerkenswert und seit Kurzem ganz groß im Kommen: Gott oder Göttin (sagen wir: Götterin) Gugel'Huu, scheinbar aus dem Nichts entstanden. Auf der dunklen Seite entwickelte sich Terror zur Blüte, der über die Streiche von Luzifer, Satan und Co. nur schmunzeln kann. Man sieht: Es hat alles zwei Seiten.

Jahwehs Feststellung beeindruckt Thot nicht. „Wenn ich dich so ansehe, lieber Jehovi – dein Bart ist grau, deine Augen blass – auch du bist angekränkelt, jede Wette. Du solltest mal Äskulaps Praxis besuchen und die Sache abklären lassen."

Jeder im Raum weiß, dass der Nerd das niemals tun würde. Seine Worte rufen in den Zuhörerrängen erregte Diskussionen hervor, man sieht sich neugierig um, wer von der neuen Krankheit befallen sei und wie viel Zeit diesem oder jenem noch bleibe. Einige schweigen verbittert, andere geraten in offenen Streit mit ihren Nachbarn.

„Darf ich um Ruhe bitten!", donnert Thor schließlich. „Privatgespräche führt ihr bitte draußen! Man versteht ja kein Wort des Vortragenden!"

Wo ist im Kosmos draußen?

„... kompliziertes Erklärungsmodell", erläutert Thot gerade. „Bitte, nehmt es nur als Hypothese. Wie weit sie mit der Wirklichkeit übereinstimmt, wissen wir noch nicht. Aber es ist doch wenigstens ein Ansatz!" Er hat es geschaft, das widerspenstige, sich ständig einrollen wollende Tablet wieder flach auszurichten und fuhrwerkt mit seinem rechten Mittelfinger darauf herum. „Der offensichtliche Schwund unserer Vitalität weist auf einen markanten Umstand hin, nämlich dass – und ich bitte um Nachsicht, wenn ich das so wissenschaftlich-nüchtern formuliere – wir Götter nur in dem Maße existieren, wie niedere Lebewesen – Menschen, Borg, Vulkanier, Frogs, Ewoks, Hutt, Na'vi Yodas und noch einige andere – an uns glauben. Glauben in einem Maß, das an Wissen grenzt. Oder auch: an Überzeugung, Gewissheit, falls ihr wisst, was ich meine."

Ein Sturm der Entrüstung, wie bei solchen Infragestellungen der eigenen Bedeutung nicht unüblich, bricht erstaunlicherweise nicht los. Liegt es daran, dass die Götter mit anderen Dingen – zum Beispiel mit Dösen – beschäftigt sind, oder daran, dass sie als Folge dieser Pandämie schon zu apathisch geworden sind, vielleicht auch daran, dass sie selbst an nichts glauben und somit Verständnis für Menschheit und Co. haben – sie sind ja sozusagen selbst Atheisten – obwohl es schon welche gibt, die der Frage nachgehen, ob es womöglich ein noch höheres Wesen gebe als sie selbst – wer weiß?

Dessen ungeachtet fährt Thot in seiner Analyse fort: „Diese zunehmende Glaubensmuffelei, die auf den bewohnten Planeten umgeht, dieses eklatante Bekenntnisdefizit oder wie immer wir es nennen wollen, rührt ganz offensichtlich daher, dass die sogenannten geistbegabten Geschöpfe – die wir geschaffen haben ..."

Thot und auch die meisten anderen Götter bemerken den eklatanten Widerspruch nicht, der in diesen Worten steckt. Wer hat denn nun wen geschaffen? Athene, Xiwangmu, die „königliche Mutter des Westens", und auch Wen Chang schütteln immerhin die Köpfe.

„... dass wir es zugelassen haben, möchte ich einmal formulieren, dass ihre Entwicklung immer mehr in Richtung intellektuelle Hypertrophie – oder, wie manche sagen, Neunmalklugheit, Naseweisheit – gegangen ist. Nehmen wir als Beispiel die Menschen! War es nicht herrlich, wie friedlich und fröhlich die ersten ihrer Art den Garten Eden bevölkerten, nur Gutes, Wahres und Schönes im Sinn! Harmonie allüberall! Geistige Klimmzüge mussten sie nicht machen, sie waren ja schon vollkommen – auf ihre Art. In ihrem Blick Zufriedenheit und Gelassenheit. Ein sinnliches und besinnliches Durchs-Leben-Gleiten. Eine einzige Meditation. Doch dann war es plötzlich zu Ende. Es begann, fürchterlich schiefzugehen ..."

Man muss schon sagen, dieser Thot ist in rhetorischer Hinsicht nicht ohne. Sicher, über Strecken faselt er reines Götterchinesisch, durchsetzt mit wissenschaftlich-klingen-sollenden Ausdrücken. Doch dann wieder formuliert er so packend, man könnte ihn als kosmischen Fußballreporter durchgehen lassen. Er soll sich nur sputen, seinen Vortrag zu Ende zu bringen, bevor das Göttersterben auch ihn erfasst.

„Ich begreife nicht ganz – obwohl ich allwissend bin, wie alle wissen –, warum du eigentlich noch da bist", meldet sich Jahweh in seiner taktvollen Art (oder was er dafür hält) zu Wort. „Seit gut zwei Jahrtausenden glaubt keiner mehr an dich. Trotzdem führst du hier ganz rüstig das große Wort."

Thot nickt schweigend. Seine Mitarbeiter blicken in alle Richtungen, ohne jemanden anzusehen. Nur wenige Götter lauschen aufmerksam, obwohl Jahwehs Einwand sie alle doch fundamental und existenziell betrifft.

„Ich muss gestehen", beginnt Thot in gedrücktem Ton, „dass hierzu verschiedene Auffassungen bestehen. Am plausibelsten ist momentan jene, die von einem gewissen Lag beim Glaubensentzug ausgeht. Der rührt daher, dass die Geschöpfe unbewusst oder im stillen Kämmerlein noch weiter an uns glauben, obwohl sie sich offiziell dem Atheismus verschrieben haben. Wir reden da von GÖTTER-REMANENZ. Natürlich ist es nicht mehr das Gleiche wie vorher, aber doch mehr als nichts. Nur irgendwann ... Aber lasst uns beim Thema bleiben. Die Wucherung des Verstandes beim Menschen. Wo kommt die her? Wir müssen ganz ehrlich sein: von uns! Einige in unseren Reihen können sich einfach nicht beherrschen und müssen unbedingt weiter an den Geschöpfen herumspielen. Mal sehen, was passiert. Ist doch lustig! Da hauen sie mit Knüppeln aufeinander, schießen mit Gewehren, schmeißen mit Bomben, zerköcheln sich mit Strahlenkanonen! Trara! Und wir übrigen Götter? Gaffer! Schaulustige, nichts weiter! Wie bei einem Verkehrsunfall auf der Autobahn ... äh, ja."

Wie gesagt: Es wäre interessant zu wissen, wie es geklungen hätte, wenn Thot im Jahre 1954 die Fußballweltmeisterschaft („Tor! Tor! Toooooooooooor!!! Deutschland ist Weltmeister!") reportiert hätte.

Thot: „Ich nenne hier nur als Beispiel einmal Satan, die listige Schlange. Ist er zufällig hier? Nein? Also, die Sache mit dem Apfel. Musste der eigentlich Eva da mit reinziehen? Und Prometheus, auch nicht hier? Der den Menschen das Feuer gebracht hat und so ein paar andere nützliche Dinge? Der wurde ja wenigstens zur Rechenschaft gezogen, wie ihr wisst, die Ankettung an den Felsen und der Adler, der jeden Tag seine Leber gefressen hat. Eine angemessene Strafe, finde ich, besonders vor dem Hintergrund des aktuellen Geschehens. Und noch einige andere von uns, ich nehme mich da nicht aus, habe ihnen schließlich die Schrift geschenkt. Mea culpa! Asche auf mein Haupt!

Aber nun ist es geschehen. Jeder Mensch denkt, er sei schlauer als der andere! Er sei im Recht und der andere nicht! Dass die Sache ihm gehöre, die ein anderer hat. Dass er keinen Gott über sich brauche, denn was bisher wir Götter für ihn taten, erledige jetzt ganz elegant die wundertätige Technik. Ja, viele bestreiten sogar unsere Existenz in Bausch und Bogen oder halten zumindest jeden Gedanken an uns für überflüssig! Ihr merkt, ich wähle die männliche Form – nicht ohne Grund. Also – wir müssen uns schon die Frage stellen, ob der Mensch ein solches Maß an Intelligenz, wie sie unsere Kollegen und meine Wenigkeit unter ihnen verbreitet haben, überhaupt vertragen. Intelligenz, die frei schwebt. Die nicht eingebunden ist in das Wesen des Geschöpfes, oder anders ausgedrückt: die nicht durch Religion im Zaum gehalten wird."

Thots mitreißende Worte bewirken tatsächlich, dass ein Großteil der Anwesenden jetzt konzentriert zuhört.

„Aber was sollen wir tun? Ich meine, wir brauchen eine Ideologie, als Erklärungsmodell und Handlungsgerüst, so etwas wie einen geistigen Überbau!", ruft Karl Marx, kein Mensch wusste, wie der in die Reihen der Götter geraten war. Dabei sieht er trotz – oder wegen? – seines wuchernden Bartes verhältnismäßig robust aus. Wie übrigens auch Buddha, der still in einer Ecke des Raumes sitzt und meditiert. Vermutlich sind sie von den Massen einfach hochgeglaubt worden – so wie ja die Götter in ihrer Gesamtheit, wie sich aus Thots Worten entnehmen lässt.

„Das genau, mein lieber ... wie war doch gleich der Name?"

„Marx. KARL Marx."

„Aha. Also, mein lieber Karl Marx, das genau ist jetzt die Frage. Was ist zu tun? Darauf gibt es nur eine Antwort: Die niederen geistbegabten Geschöpfe – ich nenne im Weiteren mal nur die Menschen, das spricht sich leichter – müssen intellektuell neu justiert werden."

„Will sagen?", hüsteln Quetzalcoatl und Huitzilopochtli unisono.

„Will sagen: Wir müssen ihre Intelligenz dämpfen. Oder, damit es auch der Letzte begreift: Wir müssen sie ein wenig verblöden."

„Und die Alternative wäre?", frägt Satan, der sich hinter der gefiederten Schlange versteckt hatte und sich nun langsam hervorschleicht.

„Diese Strategie ist alternativlos. Es besteht erheblicher Sachzwang. Die Zeit drängt. Aber, Coatl und Pochtli, die Strategie besteht natürlich nicht nur aus der DE-RATIONIERUNG, wie oben erwähnt, wir müssen vielmehr ein ganzes Bündel von Einzelmaßnahmen schnüren. Dazu gehört, die psychische Ausstattung der Menschen ein wenig auf das Sexuelle zu fokussieren. Wer fickt, denkt nicht. Und die ganze Technologie werden wir mit dem Schleier des Magischen umgeben. Versteht sowieso keiner, wie sein Handy funktioniert. In den Augen der meisten ist es einfach ein genialer Zauberknochen. Das müssen wir noch ein wenig verstärken."

„Ich hätte da einen Einwand." Ein kleiner Gott, nicht größer als ein Däumling vielleicht, meldet sich mit dünner Stimme zu Wort.

„Name?"

„Lem. Stanislaw Lem. Ich bin neu hier."

„Ja, Stanislaw Lem. Worin besteht der Einwand?"

„Ja, also. Die Menschen arbeiten ja an Robotern, Maschinen, die ihnen die Arbeit abnehmen. Eine spezielle Art von Robotern sind die Androiden, also ‚nachgebaute Menschen', wenn man so will. Wie ich in meinen ‚Robotermärchen' überzeugend, wie ich hoffe (oh Gott, ein Schriftsteller, denkt Thot) dargestellt habe, kommt man in dieser Technologie an eine Schwelle, ab der diese Androiden – oder einfach ‚Droiden', wie manche sagen – nicht zu verwechseln mit den ‚Druiden' dieses Asterix, ich hatte da letztens mit Teutates eine interessante und auch inspirierende …"

„Bitte, Stanislaw Lem, welche Schwelle? Worauf willst du hinaus? In aller Kürze?"

„Ja, die Schwelle. Ab einer gewissen Komplexitätsstufe sind diese Androiden in der Lage, sich selbst zu reproduzieren. Und nicht nur das: Sie können sich auch weiterentwickeln. Zu einer höheren Existenzform. Da gibt es auch einen Film: Krieg der … Krieg …"

„The Clone Wars."

„Wie? Möglich … Da gibt es jede Menge Droiden in allen Formen. Mit höchst unterschiedlichen Eigenschaften. Und es gibt Droiden mit Resten menschlichen Gewebes, zumeist zerebralen Ursprungs, wiederum in allen Größen und Farben. Die Cyborgs, ‚ßaiborgs' gesprochen. Ich weiß nicht, warum man ein griechischisches Wort – Kybernetik – jetzt unbedingt amerikanisch aussprechen muss, wie übrigens unsere Kollegin Nike, die jetzt Naikiii heißt …“

„Auf dem Planeten herrscht die Globalisierung, wie bei uns übrigens auch die Universalisierung. Ein schöner Ansatz übrigens für unsere Strategie der De-Rationierung. Alle sind gleich, und jeder ist etwas Besonderes. Ha!“

„Nun ja, ich bin noch nicht fertig. Also wenn die Androiden einmal so weit sind, besteht die Gefahr, dass sie die Menschen abschaffen.“

„Wo liegt das Problem?“

„Wer glaubt dann noch an die Götter?“

„Hä?“ Thot bleibt, wie man so sagt, die Spucke weg.

„Na ja, ich kann mir nicht vorstellen, dass die Maschinen sich so ein Glaubens-App einpluggen werden. Was hätten sie davon?“

Die Götter, jetzt alle hellwach, ringen sichtlich um Fassung. Thot fixiert in den Fernen des Kosmos einen roten Riesen, als könne der das Rätsel lösen. Als er keine Antwort erhält, murmelt er: „Das ist doch einfach selbstverständlich.“

„Gar nicht! Man könnte argumentieren, dass der Verstand einen Rahmen brauche, den ihm die Religion biete. Kein Verstand kommt ohne diese … Setzungen, Axiome aus. Man kann nicht alles erklären wollen. Aber, liebe Götter, bei den Androiden reichen einfache Tabus aus, integriert in ihre Software. ‚Das ist so, das haben wir schon immer so gemacht, mach dir keine Gedanken, tu es einfach!‘ Dabei gibt es wiederum ein interessantes Phänomen: Es gibt dann diejenigen, die diese Tabus in sich tragen, und andere, die sie ihnen einpflanzen … das sind schon mal zwei unterschiedliche Ränge. Wie übrigens in Orson Welles’ Farm der Tiere: Alle sind gleich, aber einige …“

„… sind gleicher als die anderen. Wir kennen die Geschichte“, brummt Thot.

„Also nochmal: Wer glaubt dann noch an uns?“ Stanislaw scheint nicht an der Erlangung einer gewissen Göttlichkeit seiner Person zu zweifeln.

Eine peinliche Ratlosigkeit herrscht im Weltraum, oder doch jedenfalls auf der Kleinen Magellanschen Wolke. Alle Augen sind auf Thot gerichtet, der mit seinem widerspenstigen Roll-Tablet kämpft und flehentliche Seitenblicke auf sein Team wirft, das betroffen zu Boden blickt. Zeus spielt nervös mit Ägis, seinem silbernen Blitz, Vishnu mit seiner Wurfscheibe Chakram, Thor wirft seinen Hammer ein wenig in die Höhe, der wie immer zu ihm herunterfällt. Shiva tanzt, aber sehr langsam; sein sonst munterer „Tandava“ ist in eine Art Blues übergegangen.

Da durchfährt es Thot wie ein Blitz, und seine Miene hellt sich auf. „Das ist wahrhaftig eine umfangreiche Problematik, die Stani da angesprochen hat. Sie war so in keiner Weise Gegenstand der Auftragsvergabe. Doch es erscheint geradezu zwingend, der jetzt erkennbar umfangreicheren Problemlage Rechnung zu tragen und einen ... äh ... Anschlussauftrag in Betracht zu ziehen. Zufälligerweise könnte mein Team die hierfür erforderlichen Kapazitäten kurzfristig zur Verfügung stellen ...“

Die Götter blicken sinnend in die unendlichen Weiten, wo der rote Riese alle Vorbereitungen zur Explosion trifft; einige nicken bedächtig, andere schütteln ebenso bedächtig den Kopf.

„Untertänigst!“, ruft, ja brüllt es fast von hinten. Der Einwurf kommt von Wen Chang, der nun hurtig nach vorne eilt. Er stellt sich dreist vor Thots Podest und verbeugt sich vornehm nach allen Seiten. „Wen Chang, untertänigster Diener! Wie eure Gottschaften wissen, zuständig für Kultur und Schrifttum, und seit Kurzem Leiter eines neu gegründeten Institus für transzendentale Strategien, kurz ITS. Auch unser Team kann mit wissenschaftlicher Kompetenz aufwarten, insbesondere, was die angesprochenen Fragestellungen angeht. Somit wäre hiermit eine Alternative zum bisherigen Bearbeiter gegeben, die … angesichts der … nun ja, desaströsen Leistungen dieser … äh, Firma …“

Hier fällt ihm Thot ins Wort: „Verehrtes Auditorium! Die ITS ist mir gänzlich unbekannt …“

„Wundert euch das?“, tönt Cheng.

„… Der Laden wurde offenbar ganz neu gegründet, vielleicht erst in den letzten Äönchen. Was kann er für Referenzen vorweisen? Was hat Cheng bisher getrieben? Er hat Studenten bei ihren Examina souffliert, ihnen Kassiber zugesteckt, ist auf dem Dao gewandert. Null Kompetenz plus null Erfahrung ergibt? Was?“

Wen Chang dreht sich um und wendet sich Thot zu, der hinter seinem Pult hervorgetreten ist und heftig mit seinem Tablet wedelt, als wolle er Chang damit abwatschen. Quetzalcoatl, die riesige gefiederte Schlange, gleitet mit magischem Geschlängel näher an die beiden heran und wendet den Kopf mit zu senkrechten Schlitzen verengten Pupillen hin und her, von einem zum anderen.

„Wisst ihr, woran man Inkompetenz erkennt?“ Chang ruft es mit hochgerecktem Arm in die Runde. „Wenn fundamentale Fragen, wie zum Beispiel die Existenz von Androiden, aus der Betrachtung der menschlichen Entwicklung ausgeschlossen werden. Das von Thot über meine Person Gesagte sind reine Spekulationen, doch sein Versagen ist ein Fakt!“

Ehe die beiden aufeinander losgehen können, steht Zeus mühevoll auf, sich auf seinen Blitz stützend, den er eigentlich gerade jetzt in Bereitschaft halten sollte, und sieht sich majestätisch in alle Richtungen um. Dann schaut er zu Thot und fragt:

„Wo ist eigentlich Prometheus?“

2.

Dr. Gustav Zehdenick saß im Labor seines kleinen Instiuts für Gentherapeutik und starrte missmutig auf die Gewinn- und Verlustrechnung des vergangenen Monats, die ihm seine hübsche Assistentin Monika mit süffisantem Grinsen unter die Nase geschoben hatte, während er in den neuesten Artikel über das „Methusalem-Maus-Projekt“ vertieft war. Nein, er mochte diese Art von Zahlen nicht. Wissenschaftliche Zahlenkolonnen, Statistiken, Auswertungen – alles o.k., aber nicht diese ominöse kaufmännische Zahlenklauberei, bei der die Ergebnisse allein Folge scheinheiliger Umdeutungen und Tricksereien zu sein schienen. Abschreibungen, Rückstellungen, Verlustvorträge – das war nicht seine Welt. Seine Welt waren Eiweißmoleküle, Enzyme, pluripotente Stammzellen – alles, was mit Gentechnik zu tun hatte. Und natürlich – Monika. Monika war bereits in der Organisation, wo er zuvor gearbeitet hatte, als kaufmännische Praktikantin tätig gewesen. Damals schon hatte er seinen Blick nicht abwenden können, niedlich, stracks und sexy, wie sie den Gang herunter kam oder in der Kantine ihr Tablett balancierte. Konnte sie nicht auch einmal etwas Kaufmännisches seinen Diensträumen recherchieren?

Doch sie wollte nichts von ihm wissen.

Auch im neugegründeten Institut (eher Institütchen) nahm sie seine Nettigkeiten unbeeindruckt zur Kenntnis, konterte seine Anspielungen so virtuos, wie sie im vorigen Betrieb das Tablett balanciert hatte, und wandte sich jedes Mal, wenn es ihr zu bunt wurde, Klaus Femor zu, seinem Partner, der das Spiel gerne mitspielte. Gustav hätte rasen können vor Eifersucht. Konnte das Weib sich nicht mit ihrem Chef einlassen wie jede ordentliche Sekretärin! Aber stattdessen … stattdessen … gab es überhaupt einen Mann in ihrem Leben?

Die Zahlen der GuV waren wahrhaftig nicht erhebend. Das Unternehmen wurde nur noch durch einen Kredit der Bank aufrechterhalten, der an die Bedingung einer monatlichen Gewinn- und Verlustrechnung geknüpft war. Vorübergehend aufrechterhalten, wohlgemerkt. Alles hing davon ab, ob die Strecke mit den Gen-Sequenzierungen weiterhin einigermaßen lief. Nichts Anspruchsvolles, nichts Sicheres. Konnte man die Zahlen manipulieren, so dass sie Gnade in den Augen der Bank finden würden? Mit ein wenig Zahlenklauberei, siehe oben? Monika. Sie würde Rat wissen.

Natürlich, er war nicht ganz unschuldig an dieser Misere. Es war das Übliche. Er hielt sich im Stillen für einen begnadeten Forscher, einen, der eines Tages mit einem Wahnsinnsergebnis die wissenschaftliche und die triviale Welt erschüttern würde. Und dann wohl kein Problem mehr mit seinen feuchten Träumen haben würde. Monika würde schon sehen! Wenn er sie dann überhaupt noch wollte. Ihre Nase war doch ein wenig spitz.

In der wirklichen Welt verplemperte er sich in verschiendenen Projekten, von denen er keines so recht vorantrieb. So kam es, dass sich die Umsätze seiner „GustavLab GbR, Institut für Gentherapeutik“ in überschaubaren Grenzen hielten.

Genau genommen hatte es so angefangen: Gustav hatte an seiner früheren Stelle, einem renommierten gentechnischen Forschungsinstitut, ein paar Labormäuse zweckentfremdet, die er als Kontrollgruppe für einen anderen Tierversuch ausgab. Mit diesen ganz niedlich schwarz gepunkteten weißen Tieren, die deshalb von Monika „Dalmatiner Mäuse“ genannt wurden (wie süß! Nicht die Mäuse, Monika!) beteiligte er sich heimlich am „Methusalem-Maus-Wettbewerb“. Dabei ging es darum, möglichst langlebige Mäuse zu züchten und damit die bisherigen Rekorde zu schlagen. Der Plan war, die Ergebnisse später auf den Menschen zu übertragen. Die Latte lag momentan bei sechseinhalb Jahren, normal waren bei Mäusen drei. Also sieben Jahre – das war das Ziel, das Gustav anpeilte. Wenn ihm das gelänge! Erstens wäre er der unumstrittene Held nicht nur der molekularbiologischen Fachwelt, nicht nur der ganzen Wissenschaft – nein, der ganzen Menschheit! Wow! Zweitens wäre er der Erste, der die Erkenntnisse auf sich selbst anwenden und seinen Lebenshorizont gut und gerne auf 200 Jahre ausdehnen könnte! Nochmals wow! Und was weiter wäre, man würde sehen. Die Forschung blieb ja nicht stehen. Und das dritte Wow (das wäre im Moment fast das Wichtigste): Monika könnte ihn in Zukunft wohl kaum ignorieren. Zumindest dann nicht, wenn er ihr das zweitgenannte Angebot unterbreiten würde. 200 Jahre mit Moni! Ach Moni! Was für orgiastische Aussichten ...

Doch wollte sein Plan nicht so recht klappen. Die ersten Mäuse starben schon nach wenigen Wochen. Zu viel Telomerase? Zu wenig Stammzellen? Es war nicht gut, wenn die „Vergleichsgruppe“ dahinsiechte, während die offiziell mit fragwürdigen Substanzen gequälten Tierchen sich munter und krekel im Käfig vergnügten. Er musste also zurückhaltend vorgehen. Da fügte es der Zufall, dass sich in der Kantine ein Mann an seinen Tisch setzte, den er im Institut noch nie gesehen hatte. Er war mittleren Alters, trug einen gepflegten Bart und schön gelocktes dunkles Haar. Seine Augen waren klar, sein Blick freundlich. Gekleidet war er etwas sonderlich in eine Art Tunika über einer langen weißen Hose. Über die Schulter fiel ein Tuch in gleichmäßigen Falten. Komischer Kerl! Aber unter Wissenschaftlern ist man ja einiges gewohnt. Wenn einer wirklich gut war – und dieser war wirklich gut, wie sich bald herausstellte –, konnte er sich viel erlauben. Auf seiner Assiete hatte er Musaka mit Tsatsiki und als Nachtisch Götterspeise.

„Alles gut?“ fragte er mit großen Augen, als Gustav ihn unverwandt anstarrte.

Der schüttelte den Kopf und sagte: „Ja, klar.“

Der Fremde hieß „Melvil“, wie er auf Nachfrage angab, wobei unklar blieb, ob dies sein Vor- oder Nachname war. Er sei im Auftrag der Oiran-Consulting im Institut unterwegs und solle eine Studie über die Unternehmensabläufe erstellen.

Oh je! KÜNDIGUNG, das ist das Wort, das jedem Arbeitnehmer bei solch harmlos dahingeplauderten Ausführungen einfällt. Gustav schaltete sofort auf höchste Diplomatiestufe um, will sagen, er sagte kaum noch etwas. Beziehungsweise, er beschränkte sich aufs Fragenstellen.

„Also geht es um bisher ungenutzte Ressourcen? Um Entwicklungspotenziale?“ Das Wort „Einsparpotenziale“ vermied er geflissentlich. Das tat auch Melvil, der weder auf das eine noch das andere einging und über „Bündelungserfordernisse“, „Chefsache“, „Effizienzsteigerung“ philosophierte.

„Für diese Art Gutachten“, brummelte Gustav an seinem Hühnerbein vorbei, auf dem er gerade herumkaute, „ist aber ein enormer Sachverstand erforderlich, nicht wahr? Ich meine, wenn man sie von außen beurteilen will. Die Projekte sind sehr unterschiedlich. Eigentlich weiß immer nur der Projektleiter Bescheid.“

„Keine Angst, Oiron-Consulting macht das nicht zum ersten Mal. Wir haben da unsere Erfahrungswerte.“

Erfahrungswerte! Man wollte die Sache also über das Knie brechen! Jetzt blinkte das Wort K-Ü-N-D-I-G-U-N-G rot und unerbittlich vor Gustavs innerem Auge. Diese Leute wollten sich gar nicht mit den wirklichen Problemen der Firma auseinandersetzen. Es ging ihnen nur darum, die Willkür bei der Ausbeinung der Organisationsstruktur vor dem (verbleibenden) Personal zu kaschieren. In dem Moment fielen ihm seine Extratouren mit den Dalmatinermäusen ein. Das hatte gerade noch gefehlt! Er musste sie schleunigst verschwinden lassen. Aber wie? Die Räume im ganzen Institut waren hochgradig gesichert!

„Wissen Sie, manche Forscher reiten ja ihre ganz persönlichen Steckenpferde“, fuhr Melvil fort. „Da werden unter der Labortischkante Doktorarbeiten, Publikationen, Habilitationsschriften verfasst – Sie machen sich keinen Begriff davon. Bei Ihrem Laden hält sich das wohl noch in vernünftigen Grenzen, habe ich gehört.“

Danke. Aber trotzdem – weg mit den Mäusen!

„Wobei" – Melvil zog die Augenbrauen in der Mitte hoch und griff sich mit dem Zeigefinger an die Nase, was seinem Gesicht einen unglaublich tragischen Ausdruck verlieh – „manche dieser Extratouren ein durchaus hohes Niveau besitzen. Ja, manchmal hat man den Eindruck, die wirklich wichtige Arbeit wird nicht im kommerziellen Projekt, sondern nebenbei getan! Mit Herzblut!"

Gustavs Augen strahlten. Sollte hier jemand vor ihm sitzen, der über den Tellerrand hinausblickte? Der womöglich Verständnis für den Methusalem-Maus-Wettbewerb aufbrachte? Man musste auf jeden Fall vorsichtig bleiben! Er war fertig mit dem Essen, genau wie sein Gegenüber, und nahm seine Assiete in die Hand. Im Aufstehen fragte er: „Wann wollen Sie denn vorbeikommen? Sie wissen, die Testreihen nehmen einen sehr stark in Anspruch ..."

„Am besten gleich! Packen wir den Minotau... den Stier bei den Hörnern!"

Ach du Scheiße. Jetzt gleich? Konnte er vielleicht noch schnell seine Praktikanten informieren, dass sie eine Decke ...

Melvil ging gut gelaunt mit Gustav zur Geschirrabgabe. Dann schlugen sie den Weg in den zweiten Stock ein, wo Gustavs Mäuse am Spezialkäse knabberten.

3.

Ein halbes Jahr später. Gustav Zehdenick inspizierte seine Mäuse, die in den letzten Monaten noch um einige Millimeter zugelegt hatten und insgesamt recht wohl aussahen. Gestorben war keine mehr. Dabei hatte er zunächst große Bedenken gehegt, als Melvil mit der Spritze angekommen war und ein einzelnes Tier damit traktierte. Gustav hatten die Haare zu Berge gestanden, von diesem Zeugs, diesem Cocktail „Nektarin" hatte er noch nie gehört. Aber er konnte ja nichts sagen, Melvil hatte ihn mit diesem unerlaubten Nebenprojekt völlig in der Hand. Andererseits schien er ein glaubwürdiges Interesse an dem Experiment zu haben. „Ich würde es gerne selber machen. Aber die Arbeit ... wissen Sie ...“ Konnte man das glauben? Aber was blieb ihm anderes übrig?

Jedenfalls hatte diese erste Maus die Injektion gut verarbeitet. Da er sich von seiner eigenen Versuchsanordnung nicht allzu viel versprach, spritzte er schließlich alle fünfzehn Tiere, was diese auch sämtlich mit sichtlichem Wohlbefinden dankten. Sollte es tatsächlich funktionieren? Sollte stimmen, was ihm Melvil, den er inzwischen als Forscherkollege duzte, was ihm dieser dubiose Typ erzählt hatte? Woher hatte er die Brühe? Und warum führte er das Experiment nicht selbst durch? Gustav hatte sich diese Fragen schon oft gestellt, doch der Anblick seiner geliebten Dalmatinchen hatte sie immer wieder in den Hintergrund gedrängt. Hauptsache war doch wohl, der Kerl verpetzte ihn nicht. Wobei – was war eigentlich mit dem Organisationsgutachten? Gustavs Wissen nach geschah da nicht allzu viel. Bisher waren nur die niederen Ränge – Hausmeister, Küchenpersonal etc. etc. – befragt worden. Hatte Melvil etwa auch ein kleines Privatprojekt am Laufen, das ihn von der Arbeit abhielt?

Mist nur, dass der Erfolg seines ganzen Experiments sich erst gegen Ende zeigen würde. Dann nämlich, wenn die Marke von sechseinhalb Jahren Mäuse-Lebenszeit geknackt sein würde.

4.

Drei Jahre später. Das Organisationsgutachten war tatsächlich fertiggestellt worden. Es hatte einigen Forschern den Job gekostet; man hatte sie gekündigt und danach wieder eingestellt – befristet und zu schlechteren Bedingungen. Auch an Gustav Zehdenick war der Kelch nicht vorbeigegangen. Das Angebot zur Neuanstellung hatte er jedoch abgelehnt.

„Sieh es doch einmal so“, hatte Melvil ihm zugeflüstert. „Das ist jetzt eine einzigartige Gelegenheit, ein eigenes Unternehmen zu gründen. Stell dir vor: Niemand redet mehr in deine Forschungen hinein! Keine Mausexperimente mehr unter der Decke! Und wenn du erst den Methusalem-Maus-Preis gewonnen hast, fällt die Ehre allein dir zu! Man weiß ja, wie den Forschern ihre wissenschaftlichen Leistungen von den Chefs geklaut werden. Es wäre geradezu blöd, hier weiter zu schindern und andere streichen die Lorbeeren ein! Und nebenbei – Geld wäre dann auch kein Problem mehr!“

Gesagt – getan. Gustav kratzte sein bisschen Abfindung zusammen und gründete zusammen mit einem ebenfalls gefeuerten Kollegen – Klaus Femor – und mit gebrauchten Geräten seines bisherigen Arbeitgebers die „GustavLab GbR, Institut für Gentherapeutik“. Er fand leidlich brauchbare Räume im örtlichen Technologie- und Gründerzentrum, wo man ihn mit offenen Armen empfing, denn das Gebäude – eine alte Kaserne – war seit Jahren kaum belegt. Als Kerngeschäft bot das neue Institut – gegen Melvils Anraten – zunächst Genom-Sequenzierungen für die Polizei und andere Gruppierungen an, was wegen der herrschenden Marktübersättigung eher schlecht als recht in die Gänge kam.

Als erste Amtshandlung machte er Moni das Angebot einer Teilzeittätigkeit, die sie neben ihrem Studium ausüben konnte und das sie zu seiner großen Freude annahm. Über die Monate war Monika für Gustav zu einer festen Größe geworden, nicht nur des Betriebes, wo sie bald alle Fäden in der Hand zu halten begann, nein – auch der Nächte, in denen Gustav die Schwärze über seinem Bett anstarrte, in der er Schemen seiner Angebeteten wahrzunehmen wähnte. In erotischer Hinsicht kam allerdings nicht viel dabei heraus – er meinte lediglich einen gewissen Glanz in ihren Augen zu erkennen, wenn sie sich am Schreibtisch dicht über ihn beugte, um diese gräulichen Zahlenreihen zu vergleichen.

Sollte er einen erneuten Vorstoß wagen? Sie hatte etwas zugelegt, besonders um den Bauch, aber Gustav fand, das stehe ihr gut.

Vielleicht wäre ja morgen der richtige Zeitpunkt! Morgen – das würde sein großer Tag werden. Da würden seine fünfzehn Mäuse – ja, es waren noch alle fünfzehn – die magische Methusalem-Mauer durchbrechen, die aktuell bei einer Lebenszeit von sechs Jahren, fünf Monaten und achtundzwanzig Tagen lag. Was hatte er gezittert, dass während der letzten Monate ein anderer Forscher mit einem neuen Rekord aufwarten würde! Alle Fachzeitschriften hatte er akribisch durchgeforstet, jedoch keinerlei Hinweis auf solche Machenschaften gefunden. Er würde der Erste sein! Der Artikel für das rennommierte Magazin „Nature Biotechnology“ lag zu Hause schon fix und fertig auf seinem Schreibtisch.

Erwähnenswert hinsichtlich dieses Artikels ist der Umstand, dass Zehdenick die genaue Rezeptur der Infusionslösung, also des „Nektarins“, nicht angab. Zum einen, weil er sie selbst nicht kannte – obwohl er wohl über hundert labortechnische Analysen durchgeführt hatte –, zum anderen, weil es in der Welt der angewandten Wissenschaft generell nicht angeraten war, Forschungsergebnisse ungeschützt hinauszuposaunen. Da musste zumindest die Anmeldung bei den nationalen und internationalen Patentämtern erfolgt sein. Und das ging nicht, weil er eben die Details seiner „Erfindung“ nicht nennen konnte. Melvil war ihm da auch keine Hilfe. Über alles wusste er hervorragend Bescheid; doch wenn es um das Lebenselixier ging, wurde er wortkarg und lenkte auf andere Themen über. Na, vielleicht würde er morgen reden. Er hatte sein Kommen zugesagt. Irgendwie musste es jetzt ja weitergehen.

Tatsächlich lief am nächsten Tag zunächst alles glatt. Gustav verrichtete seine normale Arbeit, fiel seinen Mitarbeitern nur durch übergroße Nervosität und zuweilen auch Tollpatschigkeit auf. Gegen Feierabend schickte er Monika los, zwei Flaschen Prosecco und ein paar belegte Brötchen zu besorgen, vielleicht auch eine Girlande mit Lampion. Konfetti, falls gebraucht, würde sich reichlich den Aktenlochern entnehmen lassen. (Notfalls würde es auch die Spreu aus den Aktenvernichtern tun.) Den Praktikanten Peter, dessen Neugier die „ewige Vergleichsgruppe“ mit den schwarzgepunkteten Tierchen nicht entgangen war, hatte er – mit Versprechungen und Drohungen – ebenfalls in das Team integrieren müssen. Wo blieb Melvil? Um halb sechs traf er ein, da hing die Girlande schon, und aus dem kleinen Lautsprecher ertönte leise Musik.

„Wenn jemand vom Gründerzentrum reinkommt und fragt, was wir hier machen: Peter feiert seinen Geburtstag. Wie alt wirst du heute?“, sagte Gustav.

„Ich? Ich hab’ doch gar nicht …“

„Wie alt!“

„Äh … ach so … fünfundzwanzig.“

Doch es kam erst einmal niemand, und so zelebrierte die kleine Gruppe, Speerspitze abendländischer Forschung im Bereich molekularbiologischer Gerontologie, in einem stillen Winkel des großen Entrepreneur-Gebäudes scheinbar unbemerkt ihren Erfolg in Heiterkeit und Überschwang. Die beiden Prosecchi steuerten das Ihre dazu bei. Gustav ließ sich sogar zu einer kurzen Rede hinreißen, für die er eine Maus aus dem Käfig nahm, hochhielt und sie aufforderte, einmal den Oberarm anzuspannen und ihren Bizeps zu zeigen – als Demonstration ihrer jugendlichen Vitalität. Die Maus war zwar sichtlich vital (man erkannte es schon daran, dass sie die heftigen Gestikulationsbewegungen ihres Herrchens überlebte); so einen Blödsinn wollte sie sich aber doch nicht antun. Melvil meinte lachend, so munter, wie Gustav sich aufführe, habe er sich wohl selbst einige Ampullen der Nektarin-Lösung gespritzt, jedenfalls, wo man schon vom Bizeps spreche, sei es doch ganz beachtlich gewesen, wie er die Maus hochgestemmt habe …

Schließlich, so ist der Lauf der feierabendlichen Dinge, fokussierte sich das männliche Interesse immer mehr auf die anwesende Dame, wobei Gustav der aktive Teil war, indem er sich ständig an sie schmiegte und mit ihr anstieß, was sie routiniert an sich abprallen ließ, während die anderen beiden sich auf Anschmachten (Peter) und visuelles Einvernehmen (Melvil) beschränkten. Je länger der Abend dauerte, desto abwesender schien letzterer zu sein – er hob wieder und wieder die Nase und wandte den Kopf, als erschnuppere er etwas, das sich aus weiter Ferne näherte.

„Ich glaube, ich muss dann wieder“, sagte er plötzlich und warf seinen Umhang in perfekter Faltung über die Schulter. „Mir fällt ein: Ich habe noch einiges zu erledigen.“ Sprach's und war schon aus dem Zimmer.

Das Getöse, das nun anhob, konnte man keiner irdischen Tonart zuordnen. Ein Krachen und Dröhnen durchfuhr den Gang, als öffneten sich hier, im zweiten Stock des massiven Kasernenbaus, die schwefligen Schlünde des Hades. Die drei Forscher stürmten aus dem Zimmer. Melvil, zu übermenschlicher Größe angewachsen, kämpfte furios mit vier eigenartigen Gestalten – menschen- bis drachenähnlich –, die ihn nach allen Seiten zerrten und festzuhalten suchten. Weißer Qualm, Gestank wie aus Johannisbrot und Fäkalien gemixt, Funken in allen Farben und immer wieder Blitze rundeten die Szene dramaturgisch eindrucksvoll ab.

„Melli!“ Ihren Bauch haltend rannte Monika auf die Streitenden zu. Die griffen mit unglaublich langen Gibbonarmen nach ihr und schwebten, verknäuelt und sich windend, in die Höhe. Die Decke schien kein Hindernis für sie zu sein, sie durchdrangen sie mühelos. Nur Monika machte Probleme. Sie wehrte sich mit ganzer Kraft, ihr Bauch klemmte ein wenig im Gebälk, doch dann gab es einen Ruck und auch sie war durch. Der ganze Spuk war verschwunden. Einschließlich Melvil und Monika.

Gustav und Peter standen noch eine Weile unbeweglich da und glotzten. Dann klappten sie die Kiefer wieder hoch und schüttelten die Köpfe.

5.

Zeus liegt matt auf seiner Ottomane und räuspert sich. „Kann jemand anderes die Verhandlung führen?“, fragt er mit brüchiger Stimme. „Mir ist heute so lala.“

Jesus schlägt seinen Vater Jahweh vor, doch fast alle anderen Götter sind dagegen. Ein Gott, der sich selbst für den einzigen hält, kann ja wohl kaum den Vorsitz in einem göttlichen Tribunal führen. Die Wahl fällt endlich auf den alten Tyr, der dann auch gravitätisch in die Mitte des Kreises schreitet und sich missbilligend umsieht.

„Es fehlt die Gerichtslinde“, stellt er fest.

Tatsächlich, zu einer ordentlichen Thingstätte gehört eine Linde. Aber so etwas ist für Götter, zumal wenn es sich um die führenden Köpfe des Kosmos handelt, wenn man auch feststellen muss, dass heute viele fehlen, sei es, weil sie sich wie Zeus nicht fühlen, sei es, weil sie Sympathien für den Delinquenten – es handelt sich natürlich wieder einmal um Prometheus – verspüren, so etwas ist für Götter kein Problem, und – schwupp – wächst eine prachtvolle Linde aus der Kleinen Magellanschen Wolke. Als Loki Tyr dann noch seine Armprothese nachgetragen und zu seinen Füßen Platz genommen hat, ist alles für die Veranstaltung bereit.

Nur der Delinqent fehlt noch. Der wird vom Höllenhund Garm und dem Fenriswolf, der sich wieder einmal losgerissen hat, herbeigeschleift. Hades hätte übrigens auch problemlos den Zerberus ausgeliehen, es handelt sich immerhin um einen Angeklagten mit griechischen Wurzeln, doch Tyr (übrigens ein Cousin von Shiwa und darüber hinaus ein entfernter Verwandter von Zeus) meinte, wenn schon ein germanisches Thing, dann bitteschön aus einem Guss. Dass der Angeklagte Grieche sei, störe dabei nicht. Als Prometheus endlich an der Thinglinde festgezurrt ist, knieend und mit gesenktem Kopf, flankiert von den beiden speicheltriefenden wölfischen Bestien, und man die Abwesenheit von Justitia – unentschuldigt wie immer

– zur Kenntnis genommen hat, kann die Verhandlung beginnen. In Vertretung der Göttin verliest Wen Chang, zuständig für Kultur und Schrifttum und peripher auch für das Rechtswesen, die Anklageschrift.

Wer hat die bloß aufgesetzt?

Man denkt, die nordischen Götter lieben die große Szene, den beständigen Kampf, die nahende Dämmerung respektive den Weltuntergang – doch im tiefsten Herzen sind sie Buchhalter, Sammler, Archivare und bastelten gerne an irgendwelchen Projekten herum (oder wie will man die Fjordküste Norwegens sonst erklären?). Das gilt auch für Bragi, aus dessen Feder das Elaborat stammt, das hier in Runen auf eine Unzahl Tafeln (entfernt an Tablet-PCs erinnernd) gemeißelt ist. An dieser Stelle kann es unmöglich wörtlich wiedergegeben werden, so lang, kompliziert und verschachtelt ist es.

Jedenfalls beginnt die Litanei mit persönlichen Daten des Angeklagten: Prometheus, zu den Titanen gehörig, Sohn des Iapetos und der Asia bzw. Klymene bzw. Gaia, so genau lässt sich die Mutterschaft nicht bestimmen, Erschaffer und Freund der Menschheit. Vorbestraft wegen Entwendung des göttlichen Feuers und Überbringung and die Menschen, was auf die Dauer zu Freimaurertum, Aufklärung und dieser überbordenden Rationalität geführt habe, die für den Verfall der Religion und damit für den aktuellen betrauernswerten Zustand der Götterwelt mitverantwortlich sei. Ferner in Verdacht stehend, ähnliches auch auf den Planeten der Systeme Gliese und Kepler versucht oder sogar bewirkt zu haben. Hierzu seien an einem weiteren Verhandlungstag die göttlichen Vertreter jener Himmelskörper zu hören.

Weiter: Verbüßung einer mehrhundertjährigen Haftstrafe mittels Felskettung im Bereich Kaukasus in Verbindung mit regelmäßiger körperlicher Züchtigung durch Fachkräfte respektive durch Leberfraß seitens des Adlers Ethon. Danach eine Reihe von Jahrhunderten unauffällig beziehungsweise nicht aktenkundig. Mit dem jetzt zur Verhandlung stehenden erneuten Delikt offenbar rückfällig geworden.

Ja, das aktuelle Delikt. Wie die Klageschrift es umschreibt, handelt es sich um die „Übertragung technologischer Fertigkeiten zur Verschaffung des ewigen Lebens an als Sterbliche konzipierte Wesen niederer Geisteskraft“. Kurzum, wir ahnen es längst: Dieser obskure Melvil im Institut ist in Wirklichkeit Prometheus, und das ebenso geheimnisvolle „Nektarin“ enthält die Rezeptur für das ewige menschliche Leben. Es kann sich nur noch um Wochen handeln, bis die Menschen dieses Geheimnis gelöst haben und das Mittel massenhaft bei sich selbst anwenden werden. Dann, das ist nicht nur den Olympiern klar, werden diese Minderbegabten einen erneuten Schritt in Richtung Göttlichkeit getan haben, und es ist nur eine Frage von Jahrhunderten, bis sie die logischen weiteren Sprossen erklommen haben werden, nämlich:

- Unverletzlichkeit

- Jugendlichkeit

- Allwissenheit, Allmacht usw. usw.

Wobei zu bemerken ist, dass auch viele Götter mit diesen Divinitäten ihre Sorgen haben. War Kronos wirklich so unsterblich, wenn er von seinem Sohn Zeus erschlagen wurde? Oder ist er gar nicht tot, sondern tut jetzt zum Beispiel auf Kepler 452 b seinen Dienst? Aber dann hätte man ja etwas von ihm hören müssen! Wie auch immer, schnelles Eingreifen ist angesagt, wenn der weitere Verfall des Glaubens, die fortschreitende Infideliose oder – brrr – Blassfäule der Götterwelt aufgehalten werden soll. Deshalb die SoKo Prometheus, die urplötzlich im Institut aufgetaucht war, die Zielperson nach schnellem Zugriff festgesetzt und auf den kosmischen Olymp überstellt hatte. Als Beifang war auch eine gewisse Monika ins Netz gegangen, was sich als Glücksfall erwies, da diese Erdenfrau das Kind der Zielperson im Leibe trug beziehungsweise trägt. Ein künftiger Halbgöttlicher, man wird sehen, was mit ihm geschieht. Hera, Zeusens Gattin, hat ja glücklicherweise Erfahrung in solchen Dingen.

Während diese Iniurien in allen Einzelheiten berichtet werden, sackt Prometheus an der Linde immer mehr in sich zusammen. Er weiß schon, was auf ihn zukommt. So fantasiebegabt sind seine Götterkollegen ja nicht. Nein, sie werden sich auf das Altbewährte besinnen. Kein schöner Gedanke. Selbst Garm und der Fenriswolf liegen „platz" auf dem Boden und winseln leise.

6.

Durch das finstre All fliegt der Asteroid Hathor. Ein unförmiger Felsbrocken aus Felsgestein, einer großen Kartoffel nicht unähnlich, mit schrundiger, zerklüfteter Kruste, die zahllose Narben von Meteoriteneinschlägen trägt. Einsam zieht er seine Bahn um die Erdensonne, die ihn auf der zugewandten Seite kochend heiß werden lässt, während die dunkle Seite in absoluter Weltraumkälte erstarrt. Für seine Namensgeberin, der schönen altägyptischen Göttin Hathor, zuständig für die Liebe, sei dieses Trümmerteil eine reine Zumutung, fanden die anderen Götter, doch Hathor hatte es stets abgelehnt, gegen die Benennung vorzugehen. „Auch ich habe meine hässliche Seite", sagte sie und verschluckte rasch den Sonnengott Re, worauf es überraschenderweise um keinen Deut dunkler wurde im All. Von all dem unbeeindruckt kreist der Asteroid Hathor weiter um das helle Himmelsgestirn, dabei gelegentlich dem Planeten Erde gefährlich nahe kommend. „Wenn wir eines Tages dieses leidige Experiment mit der Menschheit aufgeben sollten – und die aktuellen Ereignisse sprechen durchaus dafür –", hatte Loki auf der jüngsten Thingversammlung angemerkt, „dann wäre dieser Hathor durchaus eine Option."

Obwohl die Menschen gewöhnlich ihre Fühler nach allem ausstrecken, was sich um ihren Planeten herum tummelt, und es mit Teleskopen, Orbitern, Landerobotern inspizieren, haben sie es bei Hathor bisher nicht eilig gehabt. Sie wissen daher kaum, wie groß der Klumpen im Durchmesser ist (300 m?) oder wie lange auf ihm ein „Tag“ dauert. Würden sie sich mit einem Raumschiff auf wenige hundert Meter heranwagen und ihre Instrumente auf den Himmelskörper richten, würde ihnen wohl kaum die Gestalt entgehen, die dort einsam zwischen Felsklüften hingestreckt liegt. Manch einer würde sich verwundert am Kopf kratzen, denn dem Mann (erkennbar am Bart) fehlt gänzlich der Unterleib. Ich wage nicht, die grauenhafte Szenerie genauer zu beschreiben, nur so viel: Der Mann – oder was von ihm übrig ist – bewegt sich. Er ist offensichtlich noch lebendig.

Kurz bevor das Raumschiff den Landeanflug auf den Felssplitter einleiten könnte, um erste Hilfe zu leisten, würde es zweifellos von der Erde zurückbeordert – wegen der augenscheinlichen Diskrepanz der übermittelten Wahrnehmungen zur amtlichen Realität.

Wir jedoch sind an derlei Konventionen nicht gebunden, wir können die Dinge so sehen, wie sie sind. Wir erkennen, dass der Blutfluss des Mannes langsam zum Stillstand kommt, dass sich seine klaffende Wunde zu schließen beginnt, ja, wie sich, während sich die Fundstelle langsam aus dem Sonnenlicht dreht, sein Körper nach unten zu verlängern scheint …

Nacht auf Hathor.

… und er bei „Sonnenaufgang“ wieder seine vollständige Gestalt zurückgewonnen hat. Unglaublich! Uns ist klar, dass diese Person kein Mensch sein kann, und als wir die schmiedeeisernen Ketten um seine Handgelenke wahrnehmen, die ihn am Aufstehen hindern, wissen wir es endlich: Es kann sich nur um Prometheus handeln, Schöpfer des Menschen, Bringer des Feuers und des ewigen Lebens. Die Götter auf dem Thing hatten wieder keine bessere Idee gehabt, als ihn irgendwo anzuschmieden, und weil es das letzte Mal am Kaukasus nicht so nachhaltig geklappt hatte, hatten sie jetzt diesen öden Steinklumpen genommen, wo nicht einmal ein göttlicher Adler seine Kreise drehen mochte.

Allerdings – ganz so öde ist der Klumpen dann doch nicht. Zwar ist er unwirtlich, entweder zu kalt oder zu heiß, und mit keinerlei Atmosphäre begabt – dennoch ist er regelmäßig Ziel göttlicher Stippvisiten. Tagsüber sind es meist Reisegruppen jüngerer Götter, Halbgötter und Hilfskräfte, denen die Wehrhaftigkeit des kosmischen Rechtswesens vor Augen geführt werden soll. Zu anderen Zeiten jedoch, meist in der Morgendämmerung, wenn Prometheus gerade seine volle Gestalt wiedergewonnen hat, bekommt er auch privaten Besuch.

So wie jetzt.

„Prome, Prome“, jammert Athene, die sich im Schatten eines mitgebrachten Sonnenschirms auf dem kargen Fels niedergelassen hat, und streicht ihm sanft über den gerade neu gewachsenen Oberschenkel. „Was hast du denn schon wieder angestellt? Musste das sein? Hast du immer noch nicht genug?“

Prometheus stöhnt. Die Sorgenfalten im Gesicht seiner treuen Freundin lassen ihn nichts Gutes ahnen. Wieder eine Ewigkeit lang festgeschmiedet? Unter solch desaströsen Begleitumständen? Und keinerlei Aussicht auf vorzeitige Haftentlassung oder Befreiung durch einen umherziehenden Helden? „Was macht eigentlich Herakles?“, fragt er matt.

„Glaubst du, der kommt und befreit dich? Wie letztes Mal?“ Athene schüttelt ihr kluges Haupt. „Nein, der wird sich hüten, mach dir keine Hoffnungen. Die Götter sind nicht gut auf dich zu sprechen. Nicht nur unser seniler Göttervater. Diesmal sind es alle!“ Sie sagt es mit solcher Bestimmtheit, dass alle Farbe aus Prometheusens Gesicht weicht.

„Aber das bisschen Nektarin, das ich geklaut habe ...“

„Es geht nicht um das Nektarin. Es geht um die darin enthaltene Formel! Die Menschen haben sie entschlüsselt, wie du weißt, und dieser Gustav, dieser Forscher, hat sie schon in einem Fachblatt veröffentlicht. Sogar als Patent hat er sie schon angemeldet! Damit haben sie jetzt das ewige Leben, die Menschen, genau wie du es wolltest. Herzlichen Glückwunsch! Sie halten sich jetzt selbst für Götter.“

Mittlerweile befinden sie sich in der prallen Sonne; auch dieser Asteroid scheint relativ schnell, sagen wir: im Fünf-Stunden-Rhythmus zu rotieren. Athene erhebt sich, wozu ein kleiner Schubs mit der Hand genügt, denn die Gravitation liegt nahe bei null (es ist eher ein Problem, nicht ins All abzudriften), und positioniert den Schirm neu. Dann greift sie in ihre Reisetasche. „Hier hab' ich dir was mitgebracht", sagt sie und holt in Tuch gewickelte Souvlaki-Spießchen, etwas Toast und ein Gläschen Tsatsiki heraus. Aus der Tasche lugt noch eine Flasche Ambrosia-Rosé.

Prometheus hebt den Kopf, schielt nach den leckeren Gaben, rasselt kraftlos mit den Ketten und lässt sich zurücksinken. „Wozu der Aufwand?", seufzt er. „Nachher ist ja doch alles ..." Den Rest verschweigt er.

„Iss!", sagt Athene bestimmt und hält ihm ein Spießchen hin. „Du musst doch bei Kräften bleiben! Das ist schließlich kein Erholungsurlaub, was du hier durchmachst. Das ist eine Strafaktion. Und wer weiß, was sich die Götter in ihrem Zorn noch alles einfallen lassen."

Prometheus schüttelt den Kopf, beißt dann aber doch ein Fleischstückchen ab und nimmt einen Schluck von dem Wein. Plötzlich – aus dem Nichts – kommt eine Eule lautlos herangesegelt, umkreist die beiden und nimmt auf Athenes Schulter Platz. Die ergreift sie behutsam (sie ist nicht sehr groß, offenbar ein Steinkauz) und setzt sie auf ihren Schoß. „Zu viel Licht ist nicht gut für einen Nachtvogel", befindet sie. Dabei krault sie den Kauz, der genussvoll seine großen Augen schließt. Die Szene entspannt sich zusehends und entwickelt sich allen bösen Ahnungen zum Trotz ins Gemütliche.

„So! Jetzt einmal Tacheles!", beginnt Athene, nachdem sie die Reste zusammengeräumt hat. „Warum hast du das getan?"

„Was?"

„Den Menschen das ewige Leben gebracht."

Prometheus grinst. „War das denn nicht der logische nächste Schritt?"

Athene nimmt die Denkerstellung ein (Kopf auf Faust, Ellenbogen auf Knie) und sieht ihren Freund prüfend an. „Das klingt nach einem Plan."

„Nu!", murmelt er.

„Würdest du mir den verraten?"

„Ich mag sie halt, die Menschen. Sie haben uns über Jahrtausende ihre Glaubenskraft gegeben. Es ist Zeit, ihnen etwas zurückzugeben."

„Das hört sich gut an, ist aber kein Plan."

„Hmm ... na gut, dann hör mal zu."

„Athene, Freundin, du bist die Göttin der Weisheit. Wie man ja schon an deiner Eule sieht. Du bist klug, und die anderen sind dumm. Die meisten jedenfalls. Sie sind so schlau wie die minderbegabten Wesen, die an sie glauben. Party, Prassen, Huren, Sich-gegenseitig-Mobben – so geht das alle Tage. Gleichzeitig metzeln sie sich auf das Grausamste nieder. Oder sie sind völlig verklemmt, ziehen sich zurück und träumen Allmachtsfantasien. Wie dieser Jahweh zum Beispiel. Ich begreife nicht, wie so ein Nerd eine so große Anhängerschaft um sich scharen kann."

Der Kauz macht große Augen. Athene nickt, vielleicht nur, um ihn zum Weiterreden zu animieren.

„Dabei steht er gut im Saft, ist bei Weitem nicht so von der Infideliose betroffen wie ... wie unser Chef zum Beispiel! Nein, Jahweh ist immer noch Kult! Wie macht er das? Dabei hat er offensichtlich ADHS. Oder er ist ein Autist. Er hält sich für den einzig Wahren! Glaubt er denn, dass er sich damit in unseren Kreisen beliebt macht? Er möchte, dass alle an ihn allein glauben – klar, er möchte die ganze Glaubenskraft für sich –, und verbreitet dabei Seuchen, Katastrophen, Kriege und was weiß ich alles. Aber das scheint sein Rezept zu sein: Verbreite Elend, damit die Hoffnung umso größer wird. Und am Schluss schickt er sie doch alle in die Hölle!"

„Jahweh geht ja noch“, unterbricht ihn Athene. „Es gibt Schlimmere.“

„Das meine ich doch!“ Prometheus ist jetzt sichtlich erregt. „Sie sind alle bekloppt. Solange diese Mischpoke am Ruder ist, wird nichts besser werden im Universum!“ Er versucht sich aufzurichten, erzeugt aber nur ein heftiges Rasseln der Ketten. (Was erstaunlich ist, wird im luftleeren Raum doch keinerlei Schall übertragen. Insofern sind auch diese ganzen durchgeknallten Science-Fiction-Filme Blödsinn!)

Athene, wie um über seine Worte nachzudenken, erhebt sich vorsichtig, wobei der Kauz – sie nennt ihn „Kiwitt“ – auf Prometheusens Bein springt, nicht ohne ihm seine Krallen unbeabsichtigt ins Fleisch zu bohren, und greift nach dem Sonnenschirm, um ihn ein weiteres Mal dem Sonnenstand anzupassen. Ja, dieser Asteroid rotiert schnell. Als sie wieder Platz und ihren Vogel zu sich genommen hat, flüstert er matt:

„Mein Gott, es wird bald wieder Nacht.“

Athene nickt. „Darum solltest du langsam zum Punkt kommen.“

„Wir müssen sie absetzen!“, sagt er mit fester Stimme. „Das ganze Gschwerl, weg damit! Der einfachste Weg dahin ist, den minderbegabten Wesen etwas mehr Verstand zu geben und damit die Glaubenskraft zu drosseln, von der wir alle leben. Das führt automatisch zur Infideliose, das heißt: zum Hinsiechen und Ende der Götter.“

„Das ist ja ein idiotischer Plan!“

„Das ist ein genialer Plan!“

„Dann sind wir beide ja auch perdü!“ Eine Ärgerfalte zieht sich über ihre ebenmäßig gemeißelte Stirn.

Prometheus grinst.

Athene geht langsam ein Licht auf. „Wie – du bist nicht betroffen? Aber … woher nimmst du die Glaubensenergie? Überhaupt – ich wundere mich schon die ganze Zeit, warum du so relativ munter bist, wenn man mal von den misslichen Verhältnissen zur Zeit absieht. Wer glaubt schon an dich? Wer kennt dich überhaupt?“

„Das möchtest du wohl gerne wissen.“

„Na ja, das ist schon auffällig.“ Prometheusens plötzlich aufgehellte Laune befremdet sie. Eben noch niedergeschlagen, um nicht zu sagen: lebensmüde. Jetzt voller Energie wie ein Workaholic.

„Hast du eigentlich bemerkt, dass so am Rande unserer Versammlungen einige neue Mitglieder herumschleichen?“, fragt er, auf seine Ellenbogen gestützt.

„Schon. Seltsame Vögel. Sehen irgendwie technisch aus. Wie Ritter. Oder Astronauten. Oder dieser … dieser …“

„Darth Vader?“

„Genau! Aus Kricg der Sterne!“

„Das ist nicht Darth Vader. Das ist Gugel’Huu. Und dann gibt es noch einige andere. Mocelhand, Frazbuk, Ziwittziwitt, Clontli, um nur einige zu nennen. Und der alte Dämon Mammon hat jetzt ebenfalls göttlichen Status errungen!“

„Und die sind nicht von der Infideliose betroffen?“

„Nein. Diesen Herren und Damen geht es prächtig. Das ist eine völlig neue Generation. Ganz jung. Ganz heiß. Denkt und fühlt völlig anders als unsereiner.“ Prometheus gerät ins Schwärmen. „Ich sage dir: Die sind die Zukunft. Das ist die Götterwelt, die nach uns kommt. Wenn unser ganzer verlotterter Verein eingegangen ist. Du sagst nichts?“

„Nestbeschmutzer! Kameradenschwein! Verräter!“, ruft Athene. Ihr Gesicht hat nun einen derart finsteren Ausdruck angenommen, wie ihn wohl kein Altertumsforscher je gesehen hat. „Du bist ja das Letzte! Ich erkenne dich kaum wieder! Du hälst dich hier wohl für den Obergott, der entscheiden kann, wer lebt und wer sterben muss! Nein, ich verstehe nicht mehr, warum ich hergekommen bin. Komm, Kiwitt, wir gehen!“ Die erregten Bewegungen treiben sie unwillkürlich fünf Meter in die Höhe, und sie hat heftig zu rudern, um wieder den Boden zu erreichen. Sie muss ja noch ihre Sachen zusammensuchen.

„Nein, bitte, bleib! Du musst die Geschichte zu Ende hören!", fleht Prometheus.

„So etwas Widerwärtiges möchte ich gar nicht wissen!", ruft sie, nimmt nach einer Bedenkminute aber doch wieder Platz.

Wer Ohren hat zu hören, der kann ihren Streit weit ins All hinaus vernehmen (Details siehe oben). Und auch sehen – sie sitzen schließlich auf der Sonnenseite des Asteroiden Hathor. Auf der dunklen Seite hingegen ist es düster wie die Nacht oder wie das übrige All, das sich zwar sternenübersäht, aber doch kalt und lebensfeindlich um die kleine kartofflige Himmelsinsel spannt. Säße man in dem bereits erwähnten Raumschiff und beäugte die dunkle Seite genauer, könnte man vielleicht zahlreiche schimmernde Lichtpünktchen entdecken, wie vom Schuppenkleid eines Reptils, die ab und zu in schneller Bewegung aufgewühlt zu werden scheinen, um sich dann wieder für eine Weile zu beruhigen. Mit einem leistungsstarken Nachtsichtgerät ausgestattet wüssten wir, was oder wen wir da vor uns hätten: Es ist Aphobis, die riesige Schlange aus altägyptischen Zeiten, eine durch und durch böse Gottheit, wie geschaffen für die Aufgabe, die ihr die Göttervӓter und -mütter aufgetragen hatten.

Doch ihre Stunde ist noch nicht gekommen. Man fragt sich natürlich: Kann Aphobis hören, was Prometheus da faselt? Und es an seine Götterkollegen weitertragen? Schließlich wäre ja auch er ein potenzielles Opfer von Prometheusens ruchlosem Plan!

Aber nein, jeder weiß, Schlangen können nichts hören. Sie haben keine Ohren.

„Gibt es denn irgendwo eine Religion für diese seltsamen Vögel?", erkundigt sich Athene. „Sind die zu Besuch bei uns? Aus irgendeinem Paralleluniversum?"

„Es braucht keine Religion. Es braucht nur den Glauben, die Glaubensenergie. Und, glaub mir, davon haben die Neuen wahrhaftig genug. So viel, dass sie uns noch etwas abgeben können. Das ist unsere Chance, da müssen wir dranbleiben, sonst gehen wir unter wie die anderen. Es ist so: Gugel'Huu und Co., diese seltsamen Vögel, wie du sie nennst, verkörpern die neue Götterzivilisation. Den Binarismus. Sie sind sozusagen digitale Gottheiten. Virtuell-transzendent. Die Menschen glauben an sie, ohne es zu merken. Das ist der Witz! So wie sie zum Beispiel an den technischen Fortschritt glauben!"

„Kenne ich nicht. Ist das auch ein Gott?"

„Ein ganz alter. Aus grauer Vorzeit. Rad mit Namen. Kennst du ihn wirklich nicht?"

„Noch nie gesehen."

„Kein Wunder. Rad hält sich abseits, will mit uns nichts zu tun haben. So wie ja auch die Neuen, mit denen er kooperiert. Wir sind denen zu konservativ."

Athene krault gedankenverloren ihre Eule am Nacken. Dann schüttelt sie bedächtig das Haupt. „Also ein Komplott!", resümiert sie. „Ihr plant einen Putsch!"

„Da wäre auch noch Platz für eine Göttin des Geistes und der Weisheit, glaube ich."

„Haha, guter Witz. Und was soll bei dem Putsch herauskommen?"

„Das ganze Gottgschwerl wird abgesetzt und wir nehmen ihren Platz ein."

„Ach nee, das Übliche."

„Ja, das Übliche. Wir, die Guten, gegen die, die bösen Alten. Wenn wir es nicht machen, machen es andere."

„Dann lass die das doch machen!"

„Es ist besser, wenn einer von uns – oder wir beide – die Finger drin haben, damit es nicht schiefgeht. Mir ist noch nicht klar: Kann man den Neuen trauen? Wenn man sie fragt, was sie wollen, sagen sie nur, das wüssten sie selbst nicht so genau. Die Zukunft sei so voller Möglichkeiten, da könne man nichts sagen. Die unglaubliche Verbreitung der Handys habe auch keiner vorausgesehen. Und dann kommt hinzu: Die Neuen haben noch keinerlei Erfahrung. Ich sage nur: Androiden."

Athene sieht ihn gedankenverloren an und schüttelt dann unwillig den Kopf. Kann sie das alles glauben? Sind das nicht nur Hirngespinste, Wahnvorstellungen eines auf ewig von Tode Gezeichneten? Der seinem unentrinnbaren Schicksal zu entrinnen trachtet, wenn es nur möglich wäre? Wenn er aber die Wahrheit spräche? Dann handelte es sich um einen Putschversuch, eine Verschwörung des Prometheus zusammen mit den eigentümlichen, unmenschlichen Gottwesen, deren Pläne niemand kennt. Ja, es geht um die Abschaffung der alten Götter, und an ihre Stelle sollen die neuen treten. Ein infamer Plan!

„Prome, jetzt mal ehrlich. Kann es vielleicht sein, dass du bloß Rache nehmen willst? Für das, was sie dir angetan haben? Für deine Leiden am Taurus? Und für das, was hier alles …?" Sie spricht nicht aus, was unvermeidlich kommen wird.

Prometheus zuckt mit den Schultern, als verstehe er nicht, was sie da redet, und richtet seinen Blick gedankenvoll auf seinen nur spärlich bedeckten, noch heilen Unterleib. Mit halb geschlossenen Augen lächelt er still und murmelt kaum hörbar: „Athene, du kennst mich doch! Mir geht es immer nur um die Sache! Und wenn es wie Rache aussieht – herrjeh, was könnte ich dagegen tun?"

„Merkst du nichts? ", fragt sie spöttisch. „Sache reimt sich gut auf Rache."

Die Sonne steht nun schon tief über dem Horizont. So ein Tag auf Hathor ist schnell vorbei, er dauert kaum einen Gefangenenbesuch lang. Kiwitt auf Athenes Schulter dreht schon seinen Kopf unruhig in alle Richtungen und sieht Athene fragend an. Die steht vorsichtig auf, späht misstrauisch zum Horizont, geht zum Schirm, der jetzt schon ein paar Meter entfernt steht, und klappt ihn zusammen.

„Bald kommt die Nacht", seufzt Prometheus. Seine Stimme klingt wieder so hinfällig wie am Anfang. Liegt es an der tiefstehenden Sonne, dass sein Gesicht so blass wirkt? „Mach mich los, Athene, ich weiß, dass du das kannst!", fleht er zitternd.

Athene legt den Schirm in eine Lücke zwischen den Felsen. „Ich lasse ihn hier. Den klaut ja keiner“, stellt sie fest und setzt sich wieder. „Ja, es wird bald dunkel. Und: Nein, ich kann dich nicht losbinden. Die Götter sind außer sich wie noch nie zuvor im ganzen Mythos. Wenn sie auch deinen Plan nicht kennen, eins ist ihnen klar: Du bist die Ursache ihres Leidens. Am Schluss würden wir beide hier voller Angst schmachten.“ Sie rafft das Essgeschirr zusammen und steckt es, eingewickelt in ein großes Leinentuch, in ihre Reisetasche. „Aber sag noch: Was meintest du eben mit den Androiden?“

„Bind mich erst los!“

„Nein!“ Sie sagt es nicht, ihre Miene verrät es.

„Ach komm!“

„Also – die Androiden ...“

„Na gut – die Androiden. Die Menschen sind dabei, technische Wesen zu bauen, die ihnen ähnlich sind, ja, die sich selbst vermehren und sogar weiterentwickeln können!“

„Ja, dank deines segensreichen Wirkens können sie das! Lem hat davon erzählt, damals auf dem Thing. Aber wo liegt das Problem?“

„Werden Androiden an irgendetwas glauben?“

„Aha. Ach so. Aber solange es Menschen oder andere niedere Wesen gibt, ist das doch egal!“

„Ja, solange! Genau hier liegt das Problem. Du erinnerst dich: Dieses Göttelchen von Lem war der Meinung, die Androiden könnten die Weichlinge oder Qualler, wie Lem sie auch nennt, auf die Dauer lästig finden. Genauer möchte ich das ungern ausmalen, weißt du?

„Hm. Ich weiß, du kannst die Zukunft sehen.“

Prometheus seufzt. „Lass uns lieber nach vorne sehen“, sagt er.

„Womit wir wieder am Anfang wären“, sagt Athene, schon fast im Gehen. „Wozu das alles? Was hast du davon?“

„Der Kosmos muss vernünftiger werden. Das ist alles. Das ist alles, was ich will. So war ich immer. Und so bist auch du. Und noch einige andere, Hathor zum Beispiel. Wir sind die Götter des Geistes und der Vernunft. Es ist doch bestialisch, wie es zur Zeit läuft."

Athene steht einen Moment still, die Reisetasche schon in der Hand, als überlege sie sich seine Worte, dann beugt sie sich zu ihm und verabschiedet sich mit Bise links und rechts.

„Mach mich los", flüstert er ein letztes Mal. Vergeblich.

Im letzten Strahl der Sonne erhebt sich Athene mit ihrer Tasche in die Lüfte, begleitet von der kleinen Eule, winkt noch einmal nach unten und ruft: „Bis morgen!" Dann nimmt sie Kurs auf den kosmischen Olymp. Bald zeigt sich Hathor nur noch als die große Kartoffel, als die wir ihn kennen. Der Himmel ist klar, die Sicht gut – es wird ein problemloser Flug werden. In der Ferne, inmitten der anderen farbigen Spiralen und Nebel, sieht sie schon die kleine Magellansche Wolke, auf der die Thing-Versammlung stattgefunden hatte. Doch dort will sie nicht hin; ihr Ziel ist der kosmische Olymp, die Wohnstatt der großen Olympier, deren eine sie ist.

Plötzlich schreit das Käuzchen, das die Reise auf Athenes Schulter mitmacht, in höchster Aufregung „kiwitt, kiwitt!" Jeder, der sich mit Eulen auskennt, weiß, dass der Schrei eines Steinkäuzchens niemals etwas Gutes bedeuten kann. Und wer sieht, was das Tier erspäht hat, den packt das Grausen, der wird seines Lebens nicht mehr froh.

Im Dunkel der Nachtseite von Hathor ist Aphobis erwacht. Seine tausenden bunt schimmernden Schuppen glänzen zwischen den Felsen, wo er sich verborgen hielt, und bewegen sich in scheinbar richtungslosen Schlangenlinien an die Dämmerungsgrenze heran. Scharf züngelt seine Zunge, die wohl so lang wie ein Streitwagen (mit Pferden!) ist, durch das Gestein, hasserfüllt glühen seine Augen, laut klingt sein Zischen und das Rasseln seiner Klapper am Schwanzende. Er nähert sich wie zufällig, aber unaufhaltsam der Stelle, wo Prome festgeschmiedet am Felsen liegt. Athene sieht, wie er sich mit aller Macht in den Ketten windet, wie Aphobis sich vor ihm aufrichtet, den bösen Blick auf sein Opfer gerichtet, um dann blitzschnell und gewaltig ...

Den Rest kennen wir ja.

Athenes und Prometheusens Schreie gellen weit durch das All und gehen denjenigen Göttern, die mit ihrer Allwissenheit auch allhörend sind, durch Mark und Bein. Selbst diese an Bestialität und Blutbäder gewöhnten Unmenschen schaudern bei der Vorstellung des Geschehens, dessen Zeuge sie glücklicherweise nur sehr indirekt sein müssen.

Auch Athene hat ihren Blick zunächst abgewandt. Doch gleich muss sie wieder hinsehen: Prometheus fließt das Blut in Strömen aus dem Bauch, die Hüften mit den Beinen abgebissen hängen quer im Maul der Schlange, die sie hin und her rüttelt, um sie in eine Position zu bringen, in der sie sie verschlingen kann. Zur Beruhigung sei verraten: Prometheus fühlt keinen Schmerz mehr, er ist ohnmächtig. Die Schlange Aphobis blickt sich zufrieden um: Sie ist satt, sie hat ihren Auftrag auch heute ordentlich erledigt und, was vielleicht noch wichtiger ist: Sie hat ihr Image als böse Gottheit wieder unbezweifelbar aufpoliert. Und morgen wieder dasselbe Spiel: Für die nächsten dreißigtausend Jahre würde sie ausgesorgt haben. Vielleicht noch länger.

Wenn nur diese seltsame Müdigkeit nicht wäre!

7.

In einer großzügigen Villa, fast schon ein Schlösschen, sitzt Gustav Zehdenick in einem großen Wohnzimmer, eher ein Saal, und spielt mit seinem Lieblingsandroiden Schach. Alles in diesem Raum ist edel, er erinnert an den Salon eines Fürsten von Mitte des neunzehnten Jahrhunderts. Doch wir sind weit von dieser Epoche entfernt, und obwohl wir Gustav in den Dreißigern des einundzwanzigsten Jahrhunderts kennengelernt haben (und da war er schon fast in den besten Jahren), haben wir inzwischen dreihundert Jahre hinter uns gelassen, und Gustav ist immer noch da. Ja, er ist da und scheinbar gesund und munter.

Allerdings – bei näherem Hinsehen entdeckt man doch einige Merkwürdigkeiten an ihm: Der Kopf erscheint jugendlich, doch der Hals ist voller Falten. Ein Arm ist normal, wenn auch voller Altersflecken, der andere blass mit durchscheinenden Adern. Auch seine Sprechweise ist angekränkelt – er spricht ohne innere Anteilnahme, teilweise stockend und mit schwindender Stimme am Satzende. Da wirkt ja der Androide fast lebendiger.

Der macht gerade mit seinem Läufer einen Zug und sagt mit wohltönender Stimme: „Schach!“ Gustav, völlig irritiert, seufzt vernehmlich und zieht ohne groß zu denken mit seinem König eins weiter in Richtung Ecke. Wollte man in den Androiden – er heißt übrigens Andi – hineinblicken, um zu sehen, was in diesem Wesen aus Titan, Karbon und Glasfasern vorgeht, so gewahrte man einige heißlaufende Bauteile und flatternde Chips. Denn das Höflichkeitsmodul, das ihm eingepflanzt worden war (wie bei allen neueren Exemplaren dieser Baureihe), verbietet ihm, seinen Herrn heute zum dritten Male zu schlagen. 62,75 Prozent aller Partien eines Monats darf er für sich verbuchen, andernfalls wird er automatisch in den sicheren Modus versetzt. Kein Wunder, dass ihm quasi die Schweißperlen auf die Stirne treten.

Apropos Stirne – man muss ihn sich von der Gestalt her sehr menschenähnlich vorstellen, allerdings hat man die Materialien unverkleidet gelassen, damit man ihn als künstliches Wesen erkennen kann. Die Mitglieder der gesellschaftlichen Oberschicht – und es gibt nur noch diese Oberschicht, die Unterschicht ist „verschlissen“ beziehungsweise auf sanfte Weise entsorgt worden – legen großen Wert auf diesen Unterschied.

Ja, Andi, was bleibt dir übrig? Versuche ein Remis, wenn er weiter in die Ecke zieht, stehen die Chancen gut. Ein Remis wird nicht gezählt. Es ist zwar kein Sieg deines Herrn, aber es hat für ihn doch eine gewisse sportliche Note.

Während sie in Gedanken versunken auf das Brett mit den wenigen verbliebenen Figuren starren, läuft auf der Videowand mit abgeschaltetem Ton die Nachrichtensendung des Tages. Es ist wieder einmal alles grauenhaft, sowohl innen- wie außenpolitisch, falls man den nun schon über zweihundert Jahre andauernden Krieg mit der WESPAC noch als „Politik" einstufen möchte. Der fehlende Ton macht alles noch unheimlicher. Zudem fällt manchmal die Farbe aus beziehungsweise blitzt nur kurz auf beziehungsweise fällt von einer Monochromität in die andere.

Aber auch das „Neueste aus der Umgebung" ist nicht erbaulicher; neueste gentechnische Experimente, die zu Menschen mit drei Köpfen geführt haben, neue Krankheiten mit Pandämie-Potenzial, skurrile Verbrechen und die Lage bei den aktuellen Aufständen im Lande. Sagte ich, die Unterschicht sei ausgerottet? Ja, weil die Oberen sie für überflüssig hielten und mit Vorliebe in den laufenden Kriegen verheizt haben.

Doch es gibt ja noch die Mittelschicht – wenn auch klein, so doch überall präsent und unverzichtbar. So wie Gustav Zehdenicks Hausarzt, der ihm regelmäßig seinen Nektarin-Cocktail verabreicht. Oder das Team von Technikern, das die Haustechnik wartet. Obwohl da schon sehr viel von Androiden erledigt wird. Ja, die sind belastbarer und williger. Und vor allem zuverlässiger.

Jetzt betritt der Techniker Donald den Raum. Donald kommt, weil Andi ihn gerufen hat wegen des kaputten Fernsehers.

„Jetzt nicht!", brüllt Gustav ihm entgegen und hat schon wieder den bedrohten König in den Fingern. Nach links!, denkt Andi, und tatsächlich: Gustav setzt ihn nach links. „Remis", ruft Andi bekümmert und wischt sich den Schweiß von der Stirne.

Und atmet innerlich erleichtert auf. (Stimmt alles nicht, doch wir wissen, was gemeint ist.)

Der Techniker schaut sich das chaotische TV-Bild an. Es zeigt tote Aufständische, die von EMP-Kanonen verschmort wurden. Er schüttelt den Kopf. „Das kann man nicht reparieren. Das muss alles ausgetauscht werden."

Andi schaut ihn dabei sinnend an. Dieser Satz findet sich auch in seiner Software, das hätte sein Herr billiger haben können.

„Wie lange dauert das?", fragt Gustav.

„Vierzehn Tage bestimmt!", sagt Donald.

Gustav will schon aufbrausen. Zwei Wochen! Zwei Wochen, in denen er sich mit den verschiedenen kleineren Bildschirmen begnügen muss, die im Haus verteilt sind. „Werden denn die anderen Displays funktionieren?", fragt er vorsichtig.

„Na ja, für ein, zwei Tage muss die ganze Anlage stillgelegt werden. Aber wir werden gleich die ganze Jahreswartung machen, dann sparen sie an dieser Stelle wenigstens etwas Zeit."

Was das Brettspiel nicht geschafft hatte, hat jetzt dieser Wicht von Techniker bewerkstelligt: Gustav ist schachmatt. Das ihm! Ist er nicht einer der angesehensten Honoratioren der Stadt? Wenn nicht der absolut mega-angesehenste? Er hat den Menschen schließlich das ewige Leben gebracht, damals, vor dreihundert Jahren. Na ja, nicht allen Menschen, aber doch seinen Kumpels von der High Society, zu der er fortan gehören durfte. Und jetzt muss er unter solch läppischen Systemausfällen leiden? Womöglich seine Lieblings-Soap-Opera auf einem kleinen TV-Gerät gucken? Wohl mit der Lupe in der Hand? Unfassbar! Gustav unterdrückt einen Fluch.

„Na gut, wenn's denn sein muss", brummt er. „Wann fangen Sie an?"

Der Techniker schiebt nachdenklich die Unterlippe vor. „In drei Wochen?"

„Waaas?" Gustav will aufspringen, doch diverse Zipperlein und Wehwehchen lassen ihn in den Stuhl zurücksinken. Stattdessen gießt er einen Kübel von Verwünschungen über den armen Fachmann aus, alles in dieser monotonen Sprechweise eines Kranken, der kaum noch Luft bekommt. Andi tritt ihm unter dem Tisch gegen das Schienbein.

„Tja", meint Donald und zieht die Schultern hoch, „die Personaldecke, wissen Sie. Wenn die Geschäftsleitung meint, sie müsse alle Kollegen durch Androiden ersetzen – bitteschön. Und wenn die dann reihenweise ausfallen ..."

„Wie? Ich denke, die sind weniger störungsanfällig als Menschen?"

„Haha, wer hat Ihnen das erzählt? Die Werbung? Auf dem Großbildschirm? Wissen Sie, das war vielleicht früher mal so, bei den Robotern, die quasi noch mit Dampf liefen ..." Es folgt ein Fachvortrag über die Entwicklung des Androidenwesens, den Gustav nur mit Mühe abbrechen kann.

Gustav sitzt da und schweigt. Der Techniker hat den Raum verlassen. Das große TV-Bild ist abgeschaltet. Andi hält den Kopf schief und sagt: „Okay, ich gehe jetzt auch mal und mache mein Update. Ist das in Ordnung?"

Gustav nickt, und Andi rollt auf seinen beräderten Teleskopstelzen aus dem Raum. Sein Herr bleibt gedankenversunken am Tisch mit dem Schachbrett sitzen, neben dem die geschlagenen Figuren liegen.

Was ist das alles für eine Scheiße! Ihm ging es schon heute morgen nicht besonders, diese Nektarin-Therapie ist eine Zumutung, überhaupt nicht ausgereift wie dieser ganze Technikkram. Sie schlägt bei allen Organen unterschiedlich an, manche altern, andere nicht, wieder andere scheinen sich von Tag zu Tag zu verjüngen. Ein Gefühl ist das! Als sei man aus unpassenden Ersatzteilen zusammengesetzt. Wenn er nicht schon so viel Geld in diese Behandlung gesteckt hätte – er bricht den Gedanken ab. Umbringen will er sich jedenfalls nicht, so weit ist alles klar. Vielleicht wird ja eines Tages der technische Fortschritt ... wo bleibt eigentlich Melvil?

Vor dreihundert Jahren, als er ihm den Trank brachte, hatte er versprochen, regelmäßig vorbeizuschauen und bei Bedarf auch etwas Support zu leisten. Und wie oft hat er seitdem sein Versprechen gehalten? Ich sag' es euch: Kein einziges Mal! Auch so ein Scharlatan! Man kann wirklich keinem trauen, auch einem Genie wie diesem Getränkebudenbesitzer Melvil nicht! Dabei wollten sie bald den nächsten Coup starten: Die Verjüngung.

Mit den jetzigen Mitteln kann man sein Leben verlängern – wenn man nicht gewaltsam stirbt, auf ewig. Und das auch im hohen Alter. Aber man bleibt, was man ist: ein Tattergreis. Oder eine Tattergreisin. Mit Schwanz oder Brüsten bis zu den Knieen. Wenn es dagegen möglich ist – und es ist offensichtlich möglich, so wie sich Melvil ausgedrückt hat –, den Körper wieder zu verjüngen, dann ist das der nächste logische Schritt. Er möchte den sehen, der davon keinen Gebrauch machen wird! Ihn selbst eingeschlossen.

Gustav fällt ein, dass er Durst hat. Die beiden Gläser auf dem Tisch sind leer (bei dem Glas des Androiden handelte es sich um eine Reinigungsflüssigkeit). Er ruft Andy und bestellt ein weiteres Glas Cognac.

Das hätte dieser Blechheini auch selbst merken können, dass mein Glas leer ist, denkt er. Wann werden diese Maschinen endlich erwachsen? Er erhebt sich, ergreift sein Glas und schleppt sich in den angrenzenden Raum. Es ist sein Arbeitszimmer. Es ist genauso groß und leer wie das Wohnzimmer. In einer Ecke an der Wand steht sein Schreibtisch mit der Netztechnik. Auch an dieser Wand ein Monitor, doch wesentlich kleiner als der andere.

Gustav schaltet ihn ein, um weiter der Kriegsberichterstattung zu folgen. Die Einheiten der EURA haben gerade bei der Rückeroberung Grönlands bemerkenswerte Erfolge erzielt. Es kracht und blitzt auf dem Schirm, Gustav lebt richtig auf. Schade, dass das Bild nur so klein ist. Bald haben wir das ganze Polarmeer, denkt er zufrieden. Und damit alle dortigen Rohstoffe.

Blöd nur, dass durch den Krieg (man nennt ihn „heißen Krieg“) der Eispanzer des Minikontinents bedenklich geschrumpft und der Meeresspiegel entsprechend gestiegen ist. Das erleichtert die Hebung der Schätze nicht gerade! Das hätte man bei der Programmierung der Kriegsautomaten bedenken müssen! Da ist er sich sicher.

Denn dieser Krieg der EURA gegen die WESPAC läuft vollautomatisch ab. Die daran aktiv beteiligten Menschen kann man an einer Hand abzählen. Die passiv Beteiligten – also die Opfer der Zivilbevölkerung – gehen dagegen in die Abertausende. Doch es werden zum Glück immer weniger. Sowohl Opfer wie auch Zivilisten überhaupt. Menschen, die sich das ewige Leben leisten können, sind nicht darunter. Wer so viel Geld in seine Therapie gesteckt hat, wird sie doch nicht mutwillig einem Kriegsrisiko aussetzen? Das wäre doch eine klassische Fehlinvestition.

Jetzt sieht man einen Trupp Androiden durch eine Feuerwand marschieren. Sie laufen hindurch, als ob nichts wäre. Eine Granate explodiert in der Nähe, einige von ihnen fallen um. Die anderen kümmern sich nicht darum und schreiten ungerührt weiter. Das ist das Schöne an diesen Blechsoldaten: Man muss sich nicht um Verletzte kümmern. Auch Selbstmordkommandos sind kein Thema. Das bringt eine ganz andere Dynamik in das Geschehen, findet Gustav.

Überhaupt, diese vollautonomen Droiden. Sie können sich selbst reparieren. Ja, sogar sich selbst herstellen, man stelle sich das vor! Er hat letztens einen Bericht gesehen (dieser Mann sitzt anscheinend nur noch vor dem Fernseher) über eine Androidenfabrik, in der nur noch Droiden tätig sind. Droiden erschaffen Androiden! Man sollte sie auch viel mehr im zivilen Bereich einsetzen. Dieser Techniker von vorhin! Das war doch der reine Witz! Ein Droide hätte das in einer halben Stunde erledigt! Und verlangt nicht mal ein Trinkgeld!

Und dieser Andi, dieser Vollpfosten, hätte auch von selbst gemerkt, dass mein Glas leer ist!

8.

Zeus liegt im Bett. Es ist mitten am Tag. Auf dem Bettrand sitzen seine Gattin Hera auf der linken und Athene, seine Tochter, auf der rechten Seite. Ihre Stimmung ist düster. Am Fußende steht Äskulap und kramt in seinem Arztköfferchen. Er holt ein Pendel heraus und bittet Athene zur Seite, um ihren Platz einnehmen zu können. Dann beugt er sich über Zeus und lässt das Pendel über seiner Stirne schwingen.

„Lass den Quatsch", sagt Zeus leise. Er ist käseweiß im Gesicht; ab und zu schütteln ihn Krämpfe. „Deine Mittelchen haben bisher nicht geholfen, da wird das Gebamsel auch nichts nützen."

„Aber es geht um den Fluss der Energie!", insistiert Äskulap. „Mit Hilfe des Pendels können wir freie Glaubensenergie, die überall im Raum vorhanden ist, umlenken und konzentriert ..." Weiter kommt er nicht, denn Zeus ergreift das Pendel und lässt es unter der Bettdecke verschwinden.

„Bitte!", sagt der Arzt und hält ihm die offene Hand hin.

Auf dem Kommödchen an der Wand steht eine Amphore mit der Aufschrift „Nektarin-Essenz" mit dem Hinweis „nicht unverdünnt anwenden! Nicht in Kinderhände gelangen lassen! Leere Amphore umweltfreundlich entsorgen!" und was der gut gemeinten Juristifikationen mehr sind. Das Gefäß ist leer, Zeus hat den Inhalt, wir ahnen es, vollkommen unverdünnt ausgetrunken. Doch offensichtlich hat es nur wenig geholfen.

Äskulap verstaut sein Pendel mit unwirscher Miene, während Athene wieder ihren Platz einnimmt und ihre Hand auf Zeusens Stirne legt, die eher kalt ist als heiß. Zeus schließt die Augen, und einen Augenblick wirkt es so, als wolle er sanft entschlafen. Doch unvermittelt ruckt er ein wenig hoch, ein Lächeln im Gesicht. „Da fällt mir ein," sagt er, „ich wollte euch doch einen Witz erzählen!"

„Natürlich." Hera freut sich sichtlich über den plötzlichen Elan ihres Gatten. „Erzähle!"

„Also, der geht so: Merkurius – nein, Hermes – na, ist ja auch egal … wo war ich gerade?"

„Der Witz! Du wolltest ihn erzählen."

„Ach, genau. Also Hermes fliegt mit dem Fesselballon über die Felsen von Kepler Nummer … die Nummer weiß ich nicht mehr, ist ja auch nicht wichtig. Er hat sich im All verflogen und fragt nun den untenstehenden Alien … Moment, ich hab's gleich … fragt ihn … ach so, er fragt ihn, wo er denn hier sei. Äh …"

Mein Gott, denkt Hera, das kann ja wieder dauern. Dabei kennen wir die Pointe alle. „Und darauf sagt der Alien …", hilft sie ihm.

„Ja, darauf sagt der Alien … du bist Hermes! Ja, genau!"

Hera schüttelt bekümmert den Kopf. Wie verwirrt er heute ist. Jetzt hat er den Witz schon hundertmal erzählt und kriegt ihn nicht mehr zusammen. „Du must Informatiker sein", korrigiert sie ihn.

„Was? Ach ja … du must Hermes sein!"

Es hat keinen Zweck. So hinfällig war er noch nie. Sie schickt einen bekümmerten Blick zu Athene, die ebenso betrübt zurückschaut. Beide Göttinnen sorgen sich nicht nur um ihren Gatten, Bruder und Vater, sondern auch um ihn als Göttervater, um die ganze Götterfamilie, um das Große Ganze. Wobei, das Große Ganze – was ist denn davon noch übrig? In den letzten dreihundert Jahren haben sich die Dinge nicht zum Besten gewendet.

Nein, es ist vielmehr so gelaufen, wie Thot es auf der denkwürdigen Thingversammlung prophezeit hatte – die Infideliose hat schleichend um sich gegriffen und einen Unsterblichen nach dem anderen dahingerafft. Dabei machte und macht sie (fast) keinen Unterschied zwischen den Religionen, vielleicht eher noch zwischen den Planeten. Von den irdischen Göttern sind nur noch die Hälfte am Leben, und man muss sagen, auch Hera – im Gegensatz zu Athene – sieht nicht besoders rüstig aus.

Nicht zuletzt war Quetzalcoatl, die gefiederte Schlange, ihres schillernden Federkleides verlustig gegangen (anfänglich hatte sie behauptet, das sei eben so bei der Mauser, das sei ganz normal), sie liegt nun grau und struppig zusammengerollt in der Ecke.

Nur die neuen Götter, mit ihnen auch einige wenige alte, darunter ganz offensichtlich Athene, scheinen von der Seuche unberührt. (Wir sehen es jetzt nicht, aber wir können es uns denken: auch Prometheus geht es den Umständen entsprechend bestens.) Nein, sie waren in den letzten Jahrhunderten prächtig gediehen. So dass man eigentlich nicht befürchten muss, dass der Himmel in Zukunft leer sein wird.

Während sich Äskulap und die beiden Frauen einige Schritte vom Fußende des Bettes entfernt beraten, was noch getan werden könne, geschieht es dann: Ein schepperndes Geräusch ertönt vom Bett her, es ist die Bettpfanne, die Zeus bei seinem Aufbäumen herausgeschleudert hat. Erschrocken eilen alle herbei, selbst der Coatl hat die Augen weit aufgerissen. Zeus ist zurück in die Kissen geplumpst, die Augen verdreht, der Mund offen. Oh nein, oh nein! Auch er nun! Hera und Athene und alle verbliebenen allwissenden Götter sind außer sich, soweit ihnen das die Restkondition noch gestattet. Unser aller Vater! Es ist eine Tragödie! Was soll jetzt werden? Wer soll an Zeusens Stelle treten? Etwa dieser Coatl? Als hätte er ihre Gedanken gespürt (er hat es tatsächlich), schüttelt er müde den Kopf. Oder Vishnu oder Shiva? Apropos Shiva: Tanzt er eigentlich noch? Ja, er tanzt noch, wenn man das Darniedersitzen mit schnippenden Daumen als Tanz interpretieren möchte.

Die Nachricht von Zeusens Tod verbreitet sich schnell im kosmischen Olymp und weit darüber hinaus. Sein nicht unerwartetes, aber doch plötzliches Ableben wirft Fragen über Fragen auf: Wann wird die Beerdigung sein? Wird sie womöglich nur im kleinen Kreis der restlichen Olympier stattfinden – also Hera, Athene, Poseidon und Artemis? Das wäre für die meisten das Beste, denn kaum einer ist noch fit genug für die Strapazen, die ein solches Ereignis mit sich bringt.

Und dann: Wer wird Zeus beerben? Hera? Athene? Poseidon? Oder gleich ein Aliengott? Es ist klar, dass das kosmische Hintergrundraunen seit Zeusens Tod immens zugenommen hat. An was die meisten alten Götter nicht denken: Gugel'Huu zweifelt keinen Moment daran, dass ihm diese Rolle zufallen wird. Gugel'Huu, der aussieht wie eine riesige Knetgummi-Figur, schwärzer als die Nacht, mit endlos nach oben oder unten flirrenden Leuchtstrichen überlaufen, begleitet von seinen nicht minder skurrilen Spießgesellen Frazbuk, Ziwittziwitt und Konsorten. Jetzt, denkt er, jetzt ist der Augenblick gekommen. Aber – lass uns nichts überstürzen! Nur jetzt nicht die Prozessoren überhitzen! Cool bleiben! Es figuriert sich doch alles bestens von alleine.

9.

Die Götter mit irdischen Wurzeln haben sich wieder auf dem Thingplatz der Kleinen Magellanschen Wolke versammelt. Sie wollen einen neuen Göttervater oder entsprechende -mutter wählen. Gugel'Huu und seine Entourage haben sich am Rande der Stätte niedergelassen; sie wissen, dass sie bei den Altehrwürdigen nicht besonders beliebt sind und halten sich lieber zurück. Bis ihre Zeit gekommen sein wird. Bei ihnen sitzen auch Athene und Rad.

Wir ersparen uns die Schilderung der Kandidatenaufstellung und der Diskussionen – wir kennen die Demokratie, die Prozedur ist wenig erfreulich und zieht sich gewöhnlich mit zahlreichen Wiederholungen endlos dahin. Immer wieder weichen die Redner vom Thema ab und beschäftigen sich mit der misslichen Lage der Götterschaft, wobei sie die wesentlichen Punkte pietätvoll, aber bis zur Unkenntlichkeit umschreiben.

So plätschert das Verfahren dahin, bis Thot auf einmal die Frage nach einem höheren Wesen stellt.

Wie? Die höheren Wesen sind doch wir!

„Nein, ich meine, ein noch höheres Wesen. Ein Obergott sozusagen."

Die Versammlungsteilnehmer sind irritiert. Was soll das jetzt? Was hat das mit der Wahl zu tun?

„Ich meine ja nur: Ein höheres Wesen könnte uns retten!"

Ach so! Hmmm ... ist nicht so ganz abwegig, der Gedanke. Es braucht eine Weile, bis er in den Köpfen der Götter Fuß fasst. Einige blicken schon zuversichtlich, andere halten ihn für bittere Ironie. Man sieht genau, wo die Linie zwischen den Atheisten und den Gläubigen verläuft.

„Aber das ist doch völliger Blödsinn", ereifert sich Mammon, der nicht bei den Dissidenten, sondern inmitten der Altehrwürdigen sitzt. „Es gibt keine höheren Wesen! (als uns, vergisst er zu sagen). Das ist alles nur Gerede, es gibt keinen einzigen Beweis!"

Die anderen schütteln die Köpfe. Jeder weiß, dass es keinen Beweis geben kann. Ja, nicht einmal: geben darf! Denn wenn es ihn gäbe, bräuchte man nicht mehr zu glauben. Und wo kein Glaube, da auch keine Glaubensenergie. Das Ergebnis: Infideliose!

„Ich meine", korrigiert Mammon sich, „es gibt kein Indiz. Wenn es ein höheres Wesen gäbe, hätte es sich doch schon irgendwie bemerkbar gemacht. Und vor allem: Es hätte es doch niemals so weit kommen lassen. Was ist das für ein Gott! Der uns einerseits schützen soll und uns dabei verrecken lässt!"

„Gottes Wege sind unergründlich", sagt Wen Chang.

Anmerkung des Autors: Um die Götter und den mutmaßlichen Obergott auseinanderzuhalten, nennen wir letzteren ab hier „O'Go". Und um Verstrickungen in die Trossen der Korrektness zu vermeiden, erklären wir, dass, wenn es ihn/sie denn gäbe, er/sie geschlechtslos beziehungsweise ein Neutrum wäre: DAS O'Go. Weiter ...

„Lasst uns ein Gedankenexperiment wagen ...“, sagt Thot und tritt in die Runde. (Oh Gott, da spricht der Chef eines Beratungsbüros! Jetzt sollen wir von selbst auf die Ideen kommen, die er uns unterjubeln will!) Er kann Wen Chang, der ihm ständig Aufträge wegschnappen will, nicht ausstehen. „Wenn wir bisher nicht an O'Go geglaubt haben, dann hat es Es nie gegeben. Es sei denn, die Götter anderer Planeten glaubten an Es. Jeder weiß, dass wir Götter nur auf Basis der Glaubenskraft der Sterblichen beziehungsweise sogenannt Sterblichen existieren. Wo kein Glaube, da kein Gott. So einfach ist das.“

Angetan von seiner schlüssigen Darstellung sieht er sich triumphierend um, doch niemand applaudiert. „Dann gilt im Umkehrschluss: Wenn wir an O'Go glauben, dann existiert er auch!“, fährt er fort. „Das heißt: Wir können uns selber retten, indem wir anfangen, an unseren Retter zu glauben.“

Ach so! Aha! Das hat doch was! Jetzt geht ein Ruck durch das Plenum. So apathisch und abgeschlagen die Götter vorher dagesessen haben, so aufmerksam verfolgen sie jetzt jedes seiner Worte.

„Also, das ginge etwa so“, sagt Thot und setzt eine wichtige Miene auf, die auf seinem Vogelkopf eher grotesk wirkt. „Wir versuchen es erst mal mit einer einfachen Version. Sprecht mir nach!“ Er breitet die Arme aus, verharrt einen Moment und deklamiert dann feierlich: „Oh O'Go! Du größtes Gott unter allen! Rette uns! Rette uns!“ Dabei verbeugt er sich und und verschränkt die Arme vor seiner Stirne (soweit man bei einem Ibis von einer Stirne sprechen kann). „Und jetzt alle! Großes O'Go! Du größtes ...“ Er schaut sich um. Niemand folgt seinem Beispiel. „Ihr könnt das besser! Das weiß ich!“, ruft er in die Menge. Er rafft all seine Kenntnisse zusammen, die er aus der Wassergymnastik hat, wo er sich regelmäßig mit anderen Göttern einfindet, um wenigstens einigermaßen fit zu bleiben. „Stellt euch erst einmal gerade hin. Sonst kann man sich ja nicht verbeugen. Habe ich Recht?“

Murrend stehen die Götter auf. Jetzt hat er sie. Jetzt nicht nachlassen. „Wir fangen klein an. Oh O'Go! Sprecht mir nach!"

„Oh O'Go!", rufen die Götter.

„Fein! Ihr könnt das! Jetzt nochmal, mit Verbeugung!"

Und so weiter und so fort. Nach einer Viertelstunde sind alle eingestimmt und so berauscht, dass einige schon anfangen, wirklich an die Existenz von O'Go zu glauben. Der ganze Kosmos scheint abwechselnd in allen Farben zu changieren. Wenn ich O'Go wäre, ich würde jetzt anfangen zu sein.

Da tritt Gugel'Huu in die Runde. Das Dissidentengrüppchen hat bisher ungerührt dagesessen, interessiert Thots Worten gelauscht, aber an dem neuen Ritus nicht teilgenommen. „Brüder! Schwestern! Ich danke Euch. Dank an alle!", verkündet Gugel'Huu in feierlichem Ton. „Bitte! Danke! Seid einen Moment still! Bitte! Ich danke euch!" Tatsächlich kommen die Ersten zu sich; langsam ebbt die LaOla der Frömmigkeit ab.

„Ich danke Euch für euer Gebet! Es hat mir gut getan! Es hat mir Kraft gegeben! Die Kraft des Glaubens, die uns allen so sehr fehlt!"

Die Götter reiben sich die Augen. Ist das etwa unser O'Go?, fragen sie sich. Hat Es schon die ganze Zeit unter uns geweilt? Dann ist ja das ganze System, das Thot uns erklärt hat, hinfällig ... Letzteres denken nur ganz wenige.

Thot, nicht auf den Kopf gefallen, witterte ein neues Geschäftsfeld. „Oh O'Go!", ruft er und wirft sich vor Gugel'Huu der Länge nach auf den Boden. „Höchster Gott! Unbewegter Beweger! Ens a nobis! Höchste Wahrheit! Wort des Wortes! Brüter des Eis!" Man muss auch jetzt neidlos anerkennen, er hat es drauf. Gugel'Huu hebt beschwichtigend die Hände, doch Thot lässt sich nicht bremsen. „Allgütiger! Heilsbringer! Unser Retter! Erlöser! Gib uns unsere Kraft zurück! Erlöse uns von der üblen Infideliose! Wir glauben an dich! (Völlig unsinnig, siehe oben.) Ja, wir glau…“ Weiter kommt er nicht, Gugel’Huu ist ihm auf den Schnabel getreten.

„Gemach, gemach, meine Kinder“, sagt Gugel’Huu feierlich. Es klappt!, denkt er für sich. Meine Fresse, wie blöd kann man denn sein! Es klappt! Er wäre am liebsten im Kreis gesprungen. Doch seine neue Funktion verlangt alles andere von ihm. So sieht er landesväterlich auf seinen eben engagierten Hohepriester hinab und spricht: „Stehe auf, mein Sohn. Dein Glaube hat mir geholfen. Ja, du hast wahr gesprochen: Der Kosmos benötigt ein völlig neues Energie-Management-Konzept. Nachhaltigkeit ist angesagt! (Das mit dem göttlichen Duktus muss er noch üben!) Ich bin gekommen, es umzusetzen. Bald werdet ihr eure Sorgen los sein.“

Dabei blitzen seine Augen böse.

10.

Der Obergott O’Go sitzt in seinem Oberkosmos und blickt auf die vielen Parallel-Universen zu seinen Füßen. Er wäre für unsere Augen nicht sofort als Himmelswesen zu erkennen, denn seine Gestalt ähnelt der einer großen Amöbe, und genau genommen handelt es sich auch nicht um seine Füße, sondern um Scheinfüßchen, wir kennen das aus dem Bio-Unterricht. Natürlich ist O’Go kein Einzeller, das sei am Rande bemerkt. Solche Kategorien gibt es im Oberkosmos nicht. Seine Gestalt ist aber vielleicht ein Hinweis auf die mögliche Zirkularität allen Seins, will heißen, das Größte ist gleich dem Kleinsten. Oder so ähnlich.

O’Gos Gesichtsausdruck ist bekümmert, ja fast besorgt, denn die Vorgänge im All gefallen ihm nicht. Nicht, dass ihm das Dahinsiechen der Göttermischpoke Magenschmerzen bereiten würde – das sind in kosmischen Dimensionen Peanuts – nein, ihn interessieren bestimmte Aspekte dieses Geschehens. Es geht um ein grundsätzliches Problem! Es geht um eine Frage, die immer wieder auftaucht, hinter deren Lösung er jetzt, nach Äonen einschlägigen Grübelns, immer noch nicht gekommen ist. Die Frage lautet: Bin ich eigentlich der einzige Vernünftige hier? Wahrhaftig, so blöd ist die Frage gar nicht.

Einst, sagen wir vor drei Milliarden Jahren, war O'Go noch nicht so deprimiert. Damals schien noch alles hoffnungsvoll, war noch alles im Fluss gewesen. Da waren die Dinge noch nicht so verkrustet, in ewig gleichen Routinen gefangen. Damals war Es noch voller Zuversicht, aus dem ganzen Gewirr von Materieklumpen und Nebeln einmal einen schönen himmlischen Garten formen zu können. Einen Garten Eden! Zu seinem und der Lebewesen, die ihn erfüllten, Wohlgefallen. Aber ach! Was ist daraus geworden?

Drei Milliarden Jahre Evolution – und das heißt: harte Schöpferarbeit, man muss sich nur einmal die Kompliziertheit einer einzigen lebenden Zelle ansehen! –, und alles für die Katz! Wo man auch hinsieht – und O'Go kann überall gleichzeitig hinsehen – Chaos, Krieg, Zerfall, Krankheit, Leid, Tod.

Was ist schiefgelaufen? Es kratzt sich am Kopf (soweit man bei Amöben-Scheinfüßchen von „Kratzen" reden kann). Diese Frage hat Es sich seit etwa fünfundzwanzig Millionen Jahren (plusminus zwanzig Millionen, je nach Habilität der Himmelskörper) gestellt und noch immer keine befriedigende Antwort gefunden. Immerhin hat Es eine Hypothese: Die Einführung der Intelligenz spielte eine Rolle.

„Darf ich etwas sagen?"

(Wer spricht?)

„Mir gefällt es nicht, dass du von ‚Es' sprichst, wenn du mich meinst. Ich bin doch kein kleines Kind!"

(He – O'Go?)

„Ist sonst noch jemand hier? Also – bitte kein ‚Es' mehr, wenn du von mir sprichst!"

(Ehrlich? Duuu? Welch Überraschung!)

„Tu nicht so. Als hättest du dich noch nie mit mir befasst. Also?“

(Also was? Ach so, das Es. Ja, vielleicht könnte man etwas aus ‚Er‘ und ‚Sie‘ basteln. „Ersi“ vielleicht? Oder Sier?)

„Das klingt nach ‚Sire‘ im Französischen. Oder ‚Sir‘ im Englischen. Wäre also eher männlich. Aber klingt schon besser als ‚Es‘.“

(Ich hab’s: „Hen“!)

„Wer war zuerst: Dat Hen oder dat Ei? Wie kommst du ausgerechnet auf ‚Hen‘?“

(Die Schweden haben das Wort erfunden. Es ist ein geschlechtsneutrales Pronomen. Wir könnten es ins Deutsche übernehmen, dann sind wir gleich ein bisschen global.)

O’Go schüttelt den Kopf, sofern man bei einem kloßförmigen Gebilde von Kopf sprechen kann. „Also dann gefällt mir am besten Ersi.“

(Auch wenn da das „Er“ so richtig rausknallt?)

„Oder doch eher das ‚Sier‘?“

(Ja, ich glaube, das ist am besten. Der männliche Anklang wird meiner Meinung nach dadurch neutralisiert, dass ‚Sie‘ am Anfang steht.)

„Also gut.“

(Und nun?)

„Was ‚nun‘“?

(Wo waren wir stehen geblieben? Ach ja, bei der Einführung der Vernunft. Aber warte mal, ich werde mich erst einmal auf deine Ebene begeben – da unterhält es sich leichter. So – Klammern weg!“

„Einführung der Intelligenz. Nicht der Vernunft. Leider.“ O’Go lehnt sich zurück und verschränkt zwei Scheinfüßchen über dem Bauch. „Es ist nämlich so: Die Einführung der Intelligenz in Lebewesen ist eigentlich ein Klacks. Wir wollen das hier nicht näher erörtern, sonst kommen wir vom Hundertsten ins Tausendste. Fakt ist jedenfalls, in der Praxis geht es immer schief: Die Kreaturen schaden sich selbst oder hauen sich gegenseitig tot."

„Dann musst du eben die Instinktausstattung verstärken. Tothauen geht nicht, ist verboten!"

„Schlaumeier! Mit solchen Regeln ist Intelligenz nicht möglich. Dazu gehört die Freiheit des Geistes!"

„Tja, dann weiß ich auch nicht ..."

„Und wenn die intelligenten Lebewesen dann merken, dass nicht nur die Omas und Opas sterben, sondern sie selbst eines Tages dran sind, ist es ganz aus. Dann bricht das Chaos aus. Wir sind da auf einen Kunstgriff gekommen: Der Glaube an höhere Wesen. Der sorgt für die passende Moral. Die Moral stabilisiert ein bisschen ..."

„Aber wenn ich die Moral der Leute so sehe ..."

„Richtig. Funktioniert auch nicht wirklich. Sie haben sich Götter geschaffen, die ihnen gleichen: Sie prassen und huren, schlagen ihre Mütter und Väter tot ... Ich mag das gar nicht aufzählen. Und sie sind charakterlos. Bisher hielten sie sich selbst für die Größten, jetzt beten sie mich an und flehen um Hilfe. Und dann dieser Schurke von Gugel'Huu. Gibt sich als mich aus! Lässt sich als O'Go anbeten! Der kann was erleben!" O'Go schnaubt verärgert. „Also – diese Art von Göttern hat nichts mir mir zu tun."

„Dacht' ich mir schon. Du hingegen scheinst ganz nett zu sein."

Ein farbiger Schimmer geht durch das Zimmer des Autors.

„Danke, ich kann das Kompliment zurückgeben. Zurück zum Thema: Wir versuchen jetzt eine neue Strategie."

„Und die wäre?"

„Unsterblichkeit. Wir probieren das gerade auf der Erde aus. Wir bringen den Menschen erst einmal ein wesentlich verlängertes Leben. So zweihundert bis dreihundert Jahre. Schon davon gehört?"

„Ja, ich hab' das mal in einem Roman gelesen. Prometheus und so."

„Wir – mein Team und ich – erhoffen uns die Stabilisierung des Verhaltensgerüsts durch Lebenserfahrung. Die dann an die jüngeren Generationen weitergegeben wird. Denn eins ist doch klar: Wer so viel Geld in die Verlängerung seines Lebens gesteckt hat, wird es nicht leichtfertig aufs Spiel setzen!"

„Auch wieder wahr." Der Autor hält mit schreiben inne. „Ich bin kurz mal weg." Er steht auf und geht in die Küche, um sich einen Cappuccino zu machen. Im Geiste überschlägt er dabei den Bestand seiner Geldanlagen. Er würde nicht einmal für ein Tröpfchen Nektarin reichen, so viel ist ihm klar. Aber noch ist ja gar nichts passiert, noch spielt sich ja alles nur in seinem Kopf ab.

Apropos – „mal kurz weg" ist gut. O'Go ist ja überall, auch in der Küche. Hier fährt Sier in seinen Ausführungen fort: „Gleichzeitig schaffen wir die alten Götter ab. Sie waren ein Fehlschlag, man muss das ganz schonungslos sehen."

„Find' ich ja auch. Bin ja auch aus der Kirche ausgetreten …"

„Du wolltest Steuern sparen, gib's zu!"

„Das ist eine böswillige …"

„Okay, okay, geschenkt. Und im zweiten Schritt peilen wir die Verjüngung an."

„Und wenn das auch wieder schiefgeht?"

Sie befinden sich jetzt wieder im Arbeitszimmer des Autors. Der Cappu mit weißem Häubchen steht duftend vor dem Monitor.

O'Go seufzt tief. Tatsächlich, sicher ist nichts im Leben. „Wir haben noch einige Experimente auf anderen Planeten laufen. Der alte Zeusvater Kronos auf Kepler Nr. 452 b, du erinnerst dich?"

„So vage. Und wenn das auch nicht …?"

„Dann schicke ich die Androiden los." O'Go stöhnt, der Gedanke scheint Sier große Schwierigkeiten zu bereiten, doch dann blickt Sier wieder fest auf den Autor herab. „Weißt du, es ist nicht das Gleiche. Oder dasselbe? Egal. Androiden glauben an nichts. Sie vermehren sich wie die Wasserflöhe. Da siehst du übrigens schön den Unterschied zwischen Intelligenz und Vernunft. Androiden sind intelligent, aber nicht vernünftig. Wie Schwerverbrecher."

„Was gehört denn zur Vernunft, wenn ich fragen darf?"

„Du darfst. Na, ich würde mal sagen: Die eingebettete Intelligenz. Die Berücksichtigung des Gefühls einschließlich der Empathie. Die Anerkennung eines Sinns."

„Eines Sinns?"

„Eines Sinns des individuellen Lebens. Man darf ihn sich selbst heraussuchen. Zur Unterstützung haben wir einige Menschen kreiert, die in dieser Richtung gedacht und gelehrt haben. Konfuzius. Buddha. Oder auch den Philosophen Russel, beispielsweise."

„Ich suche mir anscheinend immer Unsinn heraus."

„Unsinn. Übrigens habe ich da mal einen schönen Spruch gelesen", sagt O'Go unvermittelt, als sei Sier von seiner eigenen Erinnerung überrascht worden. „Er geht: ‚Das gute Leben ist von Liebe beseelt und von Wissen geleitet.'"

„Du glaubst es nicht, ich kenne ihn. Von Bertrand Russel, nicht wahr?"

„Du bist ein sehr gebildeter Leser."

„Danke. Und du ein besonders gütiger Gott. Wenn ich das als Atheist mal sagen darf."

„Ich sehe, wir verstehen uns."

Der Cappuccino duftet und wartet noch auf den ersten Schluck. Das ist das Schöne an ihm: Er hält sich lange warm. Wohl wegen des Milchhäubchens, das isoliert. Und wenn man ganz pharisäerhaft ein Gläschen Rum beimischt, riecht keiner was.

Nachwort

Zeus ist in unserer Geschichte gestorben. Obwohl er ja zu den „Unsterblichen" gehörte, gar einer ihrer obersten Repräsentanten war. Doch mit der Unsterblichkeit war das schon immer so eine Sache, wie wir an Zeus' Vater Kronos gesehen haben, der von seinem Sohn erschlagen wurde.

Damit ist die heutige Situation schon ganz gut charakterisiert.

Die Unsterblichkeit der Menschen sei nur noch eine Frage der Zeit, heißt es. Die Instrumente – damit ist vor allem die Gentechnik gemeint – seien alle schon vorhanden, man wisse nur noch nicht genau, woran es letztendlich liegt, dass wir ab einem gewissen Alter verfallen und schließlich sterben. Wie übrigens alle höher entwickelten Lebewesen.

Wikipedia spricht im Jahre 1990 von etwa 300 Theorien über das Altern. Doch keine hat bisher einen Durchbruch gebracht. Der Guru des ewigen Lebens AUBREY DE GREY, ein britischer Biogerontologe, spricht von circa fünfundzwanzig Jahren, die es noch dauern werde. Dann starte der erste Mensch (Aubrey?) in die Unsterblichkeit.

Fünfundzwanzig Jahre bloß! Trotzdem wird das für einige von uns (mich nicht ausgenommen) ganz schön knapp. Um es kurz zu machen – wir, die rüstigen „Bestager", sollten uns nicht allzuviel Hoffnung machen. Und doch – das Thema ist faszinierend.

Stellen wir uns vor: Das Geheimnis des Todes sei ein graues würfelförmiges Haus mit einem Pyramidendach und dreihundert Türen, alle mit einem schönen Schild versehen wie „TELOMER-HYPOTHESE", „OXIDANTIEN-HYPOTHESE", „DISPOSABLE-SOMA-THEORIE". Keine Türe ist verschlossen, doch alle führen in einen jeweils eigenen Vorraum, einen dämmrigen

Flur, von dem weitere Türen abgehen. In allen Räumen befinden sich Leute, zum Teil wunderliche Gestalten, zum anderen Teil ernsthafte Forscher, die versuchen, mit grotesk wirkenden Schlüsseln die anderen Türen zu öffnen, um an das geheiligte Lebenselixier, das Nektarin aus der Zeus-Geschichte, heranzukommen. Einigen ist das auch schon geglückt, doch sie gelangten nur zu einem der anderen Vorräume, um von der dortigen Suchmannschaft erstaunt begrüßt zu werden. Man beschließt, die Theorien der beiden Vorräume zu verbinden und als neuen Schritt hin zum großen Durchbruch zu feiern.

Das ist so ungefähr der Stand. Sortiert man die ganzen Hypothesen über die Ursachen des Alterns, so gelangt man zu zwei Hauptvermutungen:

1. Der planlose Tod: Nachdem die Hauptaufgabe der Erzeugung von Nachkommen erledigt ist, verfällt das Individuum in körperlicher und geistiger Hinsicht.

2. Der planvolle Tod: Den Körperzellen wohnt ein Todesprogramm inne, das z.B. das menschliche Leben nach spätestens 120 Jahren beendet.

Um den planlosen Tod ranken sich zahllose spezielle Theorien, die soziale, evolutorische oder ganzkörperliche Aspekte dieses Vorgangs beleuchten. Einleuchtend ist das Argument, dass nach der Reproduktionsphase keine Notwendigkeit mehr bestehe, das Leben eines Individuums aufrecht zu erhalten. Es laufe nur weiter als Folge des Schwungs, den es nun einmal draufhabe. Es könne verlängert werden, indem alle Unebenheiten aus der Bahn geräumt werden – ähnlich dem Glattfegen der Eisbahn vor dem gleitenden Eisstock. Ein anderes Bild wäre ein Stück Treibholz im Strom.

Diese Theorien stellen – auf der molekularen Betrachtungsebene - die mit fortschreitendem Alter zunehmende Zerrüttung der Körperzellen in den Mittelpunkt. Eine große Rolle spielen dabei die „FREIEN RADIKALEN". Sie bewirken, dass die Zellen unter „OXIDATIONSSTRESS" leiden, verursacht von fehlerhaften Sauerstoffatomen, die wiederum hervorgebracht werden von den MITOCHONDRIEN, den „Kraftwerken der Zelle“. Eine ungefähre Vorstellung von der Bedeutung dieses Vorgangs vermittelt die Tatsache, dass pro Tag und Zelle mehrere tausend DNS-Schädigungen passieren, die jedoch überwiegend wieder repariert werden.

Gegen diese Vorstellung vom zunehmenden Verschleiß der Körperzellen im Laufe des Lebens steht die Idee vom planvollen Tod. Die Idee vom „Ablauf der Lebensuhr“ stützt sich vor allem auf zwei Beobachtungen. Eine davon bezieht sich auf die CHROMOSOMEN, die Befehlszentralen der Körperzellen, und ihre verwickelten Enden, die TELOMERE. Mit jeder Zellteilung verkürzt sich dieses Ende, bis keine Teilung mehr möglich ist und die Zelle schließlich stirbt. Eine Regeneration der Telomere ist mit Hilfe des Enzyms TELOMERASE möglich. Ein sehr unschönes, aber plastisches Beispiel hierfür bilden die Krebszellen, die theoretisch ewig leben könnten, wenn sie dies auch ihrem Wirtsorganismus gestatten würden.

Die zweite Beobachtung bezieht sich auf Experimente mit verschiedenen Lebewesen, z.B. der Taufliege DROSOPHILA, dem Essigwurm CAENORHABDITIS oder der Labormaus, aber auch der einfachen Backhefe. Hier hat die Manipulation an verschiedenen Genen zu deutlichen Lebensverlängerungen geführt, z.B. bei einem bestimmten Hausmaus-Schlag um 69 Prozent! Beim Menschen steht das FOXO-3-GEN im Mittelpunkt des Interesses, das die Medien auch schon „Methusalem-Gen“ oder „Alters-Gen“ getauft haben. Ein bestimmter Genotyp davon findet sich gehäuft bei Menschen, die über 100 Jahre alt sind.

Diese Theorien über den Altersprozess – genauer gesagt: über den Vergreisungsprozess, denn das Altern beginnt ja schon bei der Geburt – sind nicht strikt voneinander zu trennen, sondern überschneiden sich zum Teil. In der Übersicht ergibt sich ein verwirrendes Bild, das aber auch sehr faszinierend ist. Da hat man die Schrauben vor sich, an denen man drehen könnte, und man hat den Schraubenzieher in Form der Gentechnologie. Doch nun – wie weiter?

Dem bereits erwähnten Guru des ewigen Lebens – Aubrey de Grey – kommt bei aller Fragwürdigkeit seiner Prognosen das Verdienst zu, diese Schrauben in eine gewisse Ordnung gebracht und damit das Forschungsfeld etwas übersichtlicher gestaltet zu haben.

De Grey ist Bioinformatiker aus Cambridge, England, und Mitglied vieler wissenschaftlicher Gremien weltweit. Auf ihn geht übrigens auch der „METHUSALEM-MAUS-PREIS“ zurück, den der glücklose Gustav Zehdenick in der Geschichte „Zeus erzählt einen Witz“ unbedingt gewinnen möchte. De Grey postuliert sieben (magisch!) Strategien zur Lebensverlängerung, die er zusammengefasst SENS nennt (Strategies for Engineered Negligible Senescence). Sie zielen im Wesentlichen auf die Reparatur von Zellschädigungen ab. Wer sich dafür interessiert, dem sei der Artikel SENS FOUNDATION bei Wikipedia empfohlen. De Grey formuliert seine Behauptungen ziemlich rigoros und ist dementsprechend umstritten.

Drei Dinge sollen noch erwähnt werden: Erstens, der Rummel, der in den Medien um das Thema der Lebensverlängerung getrieben wird, zweitens, Beispiele langen oder unendlichen Lebens im Tierreich und drittens, alternative Lebens-Verlängerungsstrategien.

Hinsichtlich des MEDIENRUMMELS gilt: Die Ernährungs- und die Pharmazieindustrie nutzen jedes neue Gerücht um die Lebensforschung gehörig aus und propagieren entsprechende Anti-Aging-Produkte. Cremes, Pillen, Getränke, Speisen nehmen auf diese oder jene Erkenntnis Bezug (die häufig nur aus ungesicherten Beobachtungen besteht), begleitet von erstaunlichen Erfolgsberichten. Gegenteilige oder relativierende Berichte fallen unter den Tisch. Am überraschendsten ist wohl die jüngste Meldung über die lebensverlängernden Effekte von Rotwein, die vor allem auf dem Inhaltsstoff RESVERATROL, einem ANTI-OXIDATIUM, beruhen sollen. Doch was ist zum Beispiel mit rotem Traubensaft? Ist er weniger wirksam? Waren hier nur die Winzer schneller als die Safter? Die Behauptungen der Industrie sollen und können hier nicht fundiert in Abrede gestellt werden, doch sind skeptische Fragen angebracht. Vor allem die: Wie kommen die eingenommenen Stoffe eigentlich über den Speisetrakt und Blutkreislauf letztendlich in die Zellen, wo sie ihr Wunderwerk verrichten sollen? Werden sie in Magen und Darm vielleicht zerlegt und zu etwas ganz anderem verarbeitet? Nach bisherigen Erkenntnissen ist die beste Strategie zur Lebensverlängerung das einfache Hungern. Doch wie will man das gewinnbringend verkaufen?

Tiere und Pflanzen, die erstaunlich lange, wenn nicht ewig leben können, kennt man schon lange, und ständig wird die Liste länger. Von deren Erforschung – aber auch der extrem kurzlebigen Arten – erhofft man sich Einblicke in die Geheimnisse des Alterungsprozesses. Hier muss angemerkt werden, dass man dabei immer ideale Verhältnisse zu Grunde legt, denn gegen den sogenannten „KATASTROPHENTOD“, also beispielsweise das Gefressenwerden, ist kein Lebewesen gefeit. Wir haben von MAMMUTBÄUMEN gelesen, deren Alter bis zu 3000 Jahren nachgewiesen ist; wir kennen den schlichten SÜSSWASSERPOLYPEN vom Ententeich nebenan, mehrere Millimeter groß und Wasserflöhe fressend, von dem man glaubt, dass er theoretisch unendlich lange leben kann. Beeindruckend ist die ebenso winzige Mittelmeerqualle TURRITOPSIS, aus deren Schirm neue, junge Quallen hervorgehen können. Dieses mehrzellige Tier kann also nicht nur unendlich leben, sondern sich darüber hinaus auch verjüngen! Das wäre dann das nächste Forschungsziel für die Zeit nach der Entdeckung des ewigen Lebens.

Abschließend ist noch ein Wort zur Einordnung des oben Beschriebenen angebracht. Die Fortführung des „normalen" biologischen Lebens ist nämlich nicht die einzige Idee, die unter der Prämisse des „ewigen Lebens" verfolgt wird. Da gibt es zum Beispiel die KRYONIKER, die das Heil im Einfrieren und späteren Wiederauftauen suchen. Manche beschränken sich dabei auf ihren Kopf: „Geiz ist geil" gilt auch beim ewigen Leben. Und es gibt die „TRANSHUMANISTEN", die die Evolution der menschlichen Spezies in die eigene Hand nehmen wollen und letztlich eine Verschmelzung von Mensch und Maschine anstreben. Also das Weiterleben als KYBORG, als kybernetischer Organismus. Eine technisch-biologisch optimierte Existenz – ob als Einzelwesen, im Schwarm oder quasi als Korallenstock. Oder nur als Speicherinhalt in einem Computer. Der Fantasie (so lange es sie noch gibt) sind hier keine Grenzen gesetzt.

Diese Aussichten mögen eher beängstigend als verlockend sein. Beruhigend erscheint die Hoffnung, dies alles liege noch in weiter Ferne und berühre uns noch lange nicht.

Weit gefehlt! Die Bewegung des Transhumanismus entwickelt sich mit beeindruckendem Tempo zu einer Art Glaubensbekenntnis und gewinnt immer mehr Anhänger. Die „DEUTSCHE GESELLSCHAFT FÜR TRANSHUMANISMUS" wurde bereits 1998 gegründet. In verschiedenen Ländern existieren schon entsprechende politische Parteien, so die „TRANSHUMANE PARTEI DEUTSCHLAND (TPD)", gegründet im Herbst 2015. Der Riesenkonzern GOOGLE, der in allen möglichen zivilen und militärischen Bereichen den Fortschritt vorantreibt, hat sich ebenfalls dieser Idee angenommen. Sein Leiter der technischen Entwicklung, RAYMOND „RAY" KURZWEIL, ist einer der führenden Transhumanisten. Eines seiner Schlagworte ist „SINGULARITÄT", d.h. das bereits oben erwähnte Verschmelzen von Mensch und Maschine. Google hat vor wenigen Jahren eine spezielle Tochterfirma gegründet, die CALICO LLC (California Life Company), die sich generell mit den Möglichkeiten der Lebensverlängerung befasst. Angesichts der finanziellen Macht des Konzerns und des industriellen Netzwerkes, das CALICO bereits geschaffen hat, ist mit bedeutsamen Erfolgen in kürzester Frist zu rechnen. Erfolge, die in die Form von internationalen PATENTEN gegossen werden.

Wird also das verlängerte Leben bald Google gehören? Wird damit die gesamte Zukunft Google gehören? Die Menschen werden diesem Trend folgen, wie sie das (beinahe) immer tun.

Ich habe da eine Frage.

Ich stelle mir vor, ich bin nicht mehr siebzig, wie jetzt, sondern einhundertzwanzig Jahre alt. Mir geht es gesundheitlich gut, fast besser als jemals zuvor. Ich bin nicht mehr kurzsichtig, meine Verdauungsbeschwerden sind weg und mein rechtes Hüftgelenk ist auch wieder in Ordnung. Zucker und Blutdruck sind optimal eingestellt. Von meinem jetzigen Sexualleben hätte ich während meiner Pubertät nur träumen können.

Mein Gehirn ist durch eine ständige Datenverbindung mit der CLOUD auf Höchstleistung getrimmt. Auch sein ganzer Inhalt ist dort gespeichert. In meinem Körper sind Heerscharen von NANOBOTS unterwegs, um auch die kleinsten organischen und technischen Verästelungen zu warten und, wenn nötig, zu reparieren. Alle möglichen Cocktails fließen aus einem neuen TANKÄHNLICHEN ORGAN, das mir implantiert wurde, in die Adern und halten die chemischen Balancen konstant. Meine Laune, mein Temperament, meine Zu- und Abneigungen sind im Gleichgewicht und konstant. Ich kenne keinen Hass und keine Liebe. Ich muss mich nicht darum kümmern, was mein Bauch will, denn ich spüre ihn nicht. Ich frage mich auch nicht, wie sich ein Gedanke „anfühlt", denn ich fühle ihn nicht. Ich habe keine extremen Ideen, denn sie werden vom OPERATOR im Vorfeld ihrer Entstehung gelöscht. Ich tue meine Arbeit und bin zufrieden.

Die Frage, von der ich sprach, lautet:

Bin das noch ICH?

Oder ist das eher die neue Definition von – TOD?

*

Die obigen Angaben lassen sich leicht im Internet nachvollziehen. Bei Eingabe der Stichworte „Altern“, „Biogerontologie“, „SENS“, „Calico“, „Transhumanismus“ in die Suchmaschine wird man schnell fündig. Es ergibt sich ein relativ klares und stimmiges Bild. Zu beachten wären auch die warnenden Stimmen, z.B. des berühmten Physikers STEPHEN HAWKING und des Microsoft-Mitbegründers BILL GATES, die man ebenso im Netz finden kann.